DREAMBOOKS

오렌 퓨전판타지 장편소설

FUSION FANTASY STORY & ADVENTURE

幻野魔帝

환야의 미제

8

dream
books
드림북스

환야의 마제 8

초판 1쇄 인쇄 / 2015년 10월 16일
초판 1쇄 발행 / 2015년 10월 23일

지은이 / 오렌

발행인 / 오영배
책임편집 / 편집부
펴낸 곳 / (주)삼양출판사 · 드림북스

주소 / 서울특별시 강북구 도봉로 173
대표 전화 / 02-980-2112 팩스 / 02-983-0660
편집부 전화 / 02-980-2116 팩스 / 02-983-8201
블로그 / blog.naver.com/dreambookss

등록번호 / 제9-00046호
등록일자 / 1999년 3월 11일

ⓒ 오렌, 2015

값 8,000원

ISBN 979-11-313-0465-5 (04810) / 978-89-542-5380-2 (세트)

이 도서의 국립중앙도서관 출판시도서목록(CIP)은 서지정보유통지원시스템홈페이지
(http://seoji.nl.go.kr)와 국가자료공동목록시스템(http:// www.nl.go.kr/kolisnet)에서
이용하실 수 있습니다. (CIP제어번호: 2015027711)

8

오렌 퓨전판타지 장편소설

FUSION FANTASY STORY & ADVENTURE

幻野魔帝
환야의미제

dream
books
드림북스

幻野魔帝

환야의 미제

Chapter 1. 엘프 소년 | **007**

Chapter 2. 어둠의 결계 | **031**

Chapter 3. 백룡혼천빙의대법(白龍混天憑依大法) | **055**

Chapter 4. 흑룡, 강해지다! | **079**

Chapter 5. 멧돼지 사냥 | **105**

Chapter 6. 세상 모든 것이 다 나의 취미이다 | **131**

Chapter 7. 초신요리법(超身料理法) | **157**

Chapter 8. 대성성마겁수(大猩猩魔劫手) | **183**

Chapter 9. 무공을 전수하다 | **207**

Chapter 10. 마검 혈월(血月) | **231**

Chapter 11. 드래곤 루켈다스 | **253**

Chapter 12. 샤크, 고심하다 | **277**

Chapter 13. 협상 | **301**

Chapter 1

엘프 소년

슉—

화살이 다시 날아들었다. 이번에는 헤나를 업고 있던 카치카를 노렸다.

"크, 크어!"

카치카는 두 눈을 부릅떴다. 그가 아무리 괴력을 가진 몬스터라지만 인간 여인을 업고 있는 상태에서 눈앞으로 날아드는 화살을 피하기란 쉽지 않은 일.

탁.

그런데 놀랍게도 화살은 카치카의 머리에 적중하기 직전 튕겨 나갔다. 샤크가 창을 휘둘러 쳐내버린 것이다.

핑!

그에 놀랐던 것일까? 또 하나의 화살이 샤크를 향해 날아들었다.

휘리릭!

그러나 샤크가 창을 휘돌리자 화살은 맥없이 바닥으로 떨어져 버렸다.

그리고 그사이 샤크는 화살이 날아온 방향으로 바람처럼 이동했고, 그곳에서 다시 화살을 쏘려는 소년 하나를 제압하는 데 성공했다.

"앗! 이거 놔!"

금발에 조각 같은 얼굴을 지닌 소년.

언뜻 보면 마치 여자처럼 보일 정도로 아름다운 얼굴을 지니고 있었다.

"화살이 제법 매섭다 했더니 엘프였나."

"놔! 놓지 않으면 죽여 버릴 거야!"

"어디 한번 놓을 테니 죽여 봐라."

샤크가 손을 놓아주자 소년은 즉시 허리춤의 단검을 뽑아 사납게 휘둘렀다. 그러나 샤크가 휙 손을 휘젓는 순간 단검은 무력하게 바닥으로 떨어져 버렸다.

"이익!"

소년은 맨손으로 달려들려 했지만 샤크가 살벌한 눈빛으로 내려다보자 이내 풀이 죽고 말았다. 샤크가 싸늘히 물었다.

"네 이름이 뭐냐?"

"시, 시엘이다!"

"그래, 시엘. 이제부터 너는 나의 노예다."

"닥쳐! 내가 왜 너의 노예라는 말이냐?"

시엘은 인상을 일그러뜨렸다. 그러자 샤크는 더욱 냉랭한 표정을 지으며 또박또박 말했다.

"너는 나의 노예를 공격해 부상시켰다. 따라서 당연히 네가 저 녀석 대신 일을 해야 한다."

샤크는 복부에 화살을 맞고 신음하는 카치카를 가리켰다. 시엘은 코웃음 쳤다.

"그러고 보니 네놈 역시 칼드 제국의 주구였군. 그것도 모르고 구해 주려 했다니! 처음부터 네놈을 먼저 공격했어야 했는데 분하다."

순간 샤크의 두 눈에 살짝 이채가 일었다.

"나를 구해 주려 했다고?"

"제길! 착각이었을 뿐이다. 네놈이 저들의 우두머리란 사실을 알았다면 나는 네놈부터 먼저 공격했을 것이다."

비로소 샤크는 시엘이 왜 카치카들을 향해 활을 쐈는지 짐작할 수 있었다.

시엘은 샤크와 헤나 등이 카치카들에게 붙잡혀 있다 생각했고 구해 주려 했던 것이다. 하긴 그가 카치카들이 오히려 샤크에게 붙잡혀 노예가 되었다는 사실을 어찌 알 수 있었겠는가.

"어린 녀석이 제법 기특한 생각을 했군."

"흥! 어린 녀석이라고? 가소롭구나. 인간인 네놈이 보기에는 내가 어려 보일지 몰라도, 너보다 훨씬 오래 살았을 것이다."

고작 열 살 남짓 되어 보이는 소년 시엘의 당찬 말에 샤크는 어이없어하는 표정을 지었다.

"호! 그래? 올해 몇 살이나 되었느냐?"

"서른 살이다. 인간! 너는 아무리 봐도 서른이 안 되었겠지."

"서른?"

"그렇다."

그러고 보면 수명이 수백 년을 넘는 엘프에게 서른은 인간과 달리 소년기에 속한다. 적어도 여든은 되어야 청년기라 할 수 있는 것이다.

따라서 언뜻 봐도 20대 중반 정도로 보이는 샤크를 보고 시엘이 가소롭게 생각하는 것은 당연했다.

그렇다면 샤크는 지금 몇 살일까?

물론 그의 정신이야 세월을 논하기 힘든 장구한 세월을 살아왔지만, 육체로 따지자면 태어난 지 며칠도 되지 않았다.

그나마 외모가 20대 청년의 모습이라 다행이지, 이곳 르메스 대륙의 나이로 엄밀히 따지면 소녀 리닌 보다도 어린 이가 바로 샤크인 것이다.

그러나 샤크가 어디 이 상황에서 자신을 0살 혹은 1살이라 말할 위인인가? 오히려 그는 가운뎃손가락을 튕겨 시엘의 머리를 사정없이 갈겼다.

따악!

"아야앗!"

샤크가 슬쩍 친 것 같았지만 시엘은 머리를 움켜쥐고 나뒹굴었다. 머리가 쪼개질 것 같았다. 얼마나 아픈지 두 눈에서 눈물이 줄줄 흘러나왔다.

'으흑! 이런 고통은 처음이야.'

시엘이 어찌 알겠는가. 그 단순한 꿀밤에도 심오한 백룡구타술의 위력이 깃들어 있음을.

그래도 샤크는 시엘의 사정을 봐주어 부상은 전혀 입히지 않고 고통만 상상 초월하게 만들었다.

"이 사악한 인간 놈! 이게 어른에게 할 짓이냐?"

"어른?"

"그렇다. 이 어린놈아."

그 말에 샤크는 어이가 없어 실소가 나왔다.

환야에서 수천 년이 넘게 살았던 마족들도 샤크에게 로드라 불렀다.

아니, 수만 년을 넘게 살았던 마왕 테나도 샤크에게 로드라 불렀다는 사실을 시엘이 알았다면, 고작 서른 살 산 것을 가지고 감히 어른이 어쩌고 하는 소리는 못했으리라.

"망할 놈! 너는 어른에 대한 예의도 없느냐? 엉?"

계속 어른 노릇을 하려는 시엘을 향해 샤크는 결국 코웃음 치며 말했다.

"네 나이가 서른이건 삼백이건, 나의 노예가 되어야 하는 사실은 변함없다."

"푸하핫! 노예라니. 꿈도 꾸지 마라. 내가 죽으면 죽었지 너의 노예가 될 것 같으냐?"

"역시 매가 부족했나 보군. 더도 덜도 말고 딱 열 대만 맞자."

샤크는 험악한 표정으로 다시 손가락을 오므렸다 펴는 자세를 취했다. 시엘은 움찔했다. 열 대라니!

  "자, 잠깐."

  "뭐지?"

  "으으……!"

  시엘은 인상을 일그러뜨렸다. 노예가 된다는 것은 굴욕적이지만 저 무지막지한 손가락에 또 맞는 건 끔찍한 일이 아닌가?

  게다가 샤크는 무려 열 대를 때린다고 했다.

  과연 열 대를 맞으면 어떻게 될까?

  그땐 고통이 문제가 아니었다.

  아마 머리가 금 가다 못해 깨져 버릴지도 모른다.

  '끔찍해. 저자는 분명 그러고도 남을 거야.'

  그 생각을 하자 시엘은 오금이 저리지 않을 수 없었다. 어쩔 수 없이 고개를 숙이고 말했다.

  "마, 망할! 노예가 되어 주마."

  "망할? 그게 노예가 마스터에게 할 소리냐?"

  "망할은 취소하지."

  "말투가 여전히 건방지군."

  "내 말투가 원래 이러니 이해해라."

"마스터 앞에서 노예는 마땅히 공손한 말투를 써야 한다."

샤크가 쏘아보자 시엘은 다시 움찔했다. 그러나 이내 지지 않고 말했다.

"닥쳐! 비록 노예는 되어 주겠지만 비굴하게 존댓말까지는 하지 않겠다."

"그래?"

"그렇다. 나는 위대한 아트리아 숲의 엘프! 네놈이 나의 육체는 굴복시켰지만, 나의 정신까지 굴복시키지는 못해. 알겠느냐?"

그러자 샤크는 말없이 근처의 바위를 향해 걸어가더니 손가락을 팍 튕겼다.

콰직!

순간 바위에 쩍 금이 갔다.

'헉!'

그것을 본 시엘은 심장이 철렁 내려앉는 것 같았다. 샤크가 성큼 다가왔다.

"이리 와라. 이제 네가 얼마나 대단한 정신력을 가지고 있는지 확인해 보겠다."

그 말과 함께 샤크가 손가락을 번쩍 쳐들자 시엘은 울상을 지으며 대답했다.

"잠깐! 좋아…… 요. 노예가 되어 주지요."

"되어 주지요? 무슨 선심이라도 쓰는 거냐?"

"되, 되겠습니다."

"허리가 꼿꼿하다. 다시 해 봐라."

이번에도 제대로 하지 않으면 가만두지 않겠다는 듯 샤크는 손가락을 번쩍 쳐들었다. 결국 시엘은 공손히 허리를 숙이며 말했다.

"노예가 되겠습니다, 마스터."

"좋아. 앞으로도 그 태도를 잊지 마라."

"예."

샤크는 그제야 흡족한 미소를 지으며 고개를 끄덕였다.

"이제 마스터로서 첫 명령을 내리겠다. 네가 가진 특별한 능력으로 카치카의 부상을 치료해라."

그 말에 시엘은 깜짝 놀라는 표정을 지었다.

"어떻게 그것을!"

엘프라고 무조건 치유 능력을 가진 것이 아니다. 시엘이 가진 능력은 엘프들 중에서도 매우 희귀한 능력에 속했다.

그런데도 샤크가 단번에 그것을 알아보았으니 시엘로서는 놀라지 않을 수 없었던 것이다.

"뭘 꾸물거리느냐? 저대로 두면 카치카는 곧 죽게 될 것이다."

"사악한 카치카 따위를 굳이 치료할 필요가 있을까요?"

죽든 말든 그냥 놔두자는 말. 샤크가 싸늘히 웃었다.

"저 녀석이 죽으면 너는 죽을 때까지 나의 노예가 되어야 한다."

"……!"

그 말에 기겁한 시엘은 즉시 카치카를 향해 달려가더니 양손을 활짝 편 채 잠시 집중하는 듯했다.

화악!

그러던 어느 순간 그의 양손이 환하게 빛났다. 그 상태로 그는 카치카의 복부에 박힌 화살을 빼냄과 동시에 상처 부위를 어루만졌다.

"크어?"

그러자 그때까지 인상을 꽉 구긴 채 고통을 참고 있던 카치카가 고개를 갸웃했다. 그토록 아프던 통증이 순식간에 사라진 것이다.

"케켓! 이, 이제 안 아프다."

카치카가 주걱턱을 들썩거리며 히죽 웃었다. 시엘은 그를 노려봤다.

"고통은 사라졌겠지만 아직 완전히 나은 것은 아니야. 회복은 며칠 동안 진행되니 그때까지는 무리하게 몸을 움직여선 안 돼."

"아…… 알았다."

아까까지 시엘에 대해 강한 적개심을 보이던 카치카는 금세 누그러진 표정을 지었다.

설마 단순히 고통이 사라졌다고 적개심도 사라진 것일까?

그것은 아니었다. 실은 시엘이 펼친 치유의 빛이 적개심을 누그러뜨리는 위력을 발휘한 것이다.

"이제 됐습니까, 마스터?"

시엘은 고개를 돌려 샤크를 쳐다봤다. 그러자 샤크는 손가락을 들어 카치카의 등에 업힌 채 혼절해 있는 헤나를 가리켰다.

"다음은 헤나를 치료해라."

"제 능력은 하루에 한 번밖에 쓸 수 없어요."

시엘은 난감해하는 표정을 지었다. 그 말에 샤크는 고개를 끄덕였다.

"그럼 내일 하면 되겠군."

"예."

"그건 그렇고 너는 왜 이 험한 숲에 홀로 있었느냐?"

"본래 저는 형제들과 함께 사악한 칼드 제국의 횡포를 피해 크리오스 왕국으로 향하던 중이었죠. 그런데 저 망할 카치카 놈들의 습격을 받아 뿔뿔이 흩어지고 말았어요."

아트리아 숲에서 조용히 숨어 살고 있던 엘프들에게조차 칼드 제국의 폭정이 가해졌던 모양이었다.

그러고 보면 시엘의 처지도 헤나와 비슷했다. 칼드 제국의 횡포에서 벗어나기 위해 크리오스 왕국으로 향하고 있으니 말이다.

"마스터께서는 어디로 가시는 중이신데요?"

"나도 크리오스 왕국으로 가는 중이다."

"오! 그래요?"

시엘은 뜻밖이라는 듯 두 눈을 휘둥그레 떴다.

"크리오스 왕국은 르메스 대륙에서 유일하게 어둠의 세력이 미치지 못한 곳이죠. 인간뿐 아니라 저와 같은 이종족들도 차별하지 않는다고 들었어요."

"솔직히 말하면 그곳은 나보다는 저기 리닌과 헤나가 가고 싶어 하는 곳이다."

샤크는 카치카의 등에 업혀 혼절해 있는 헤나와 그 옆에서 시엘을 호기심 가득한 눈빛으로 쳐다보고 있는 리닌을 가리켰다.

"리닌이에요."

리닌이 예쁜 표정을 지으며 자신을 소개하자 시엘은 환하게 웃으며 손을 흔들었다.

"반갑다, 리닌. 나는 시엘이야."

그러자 리닌도 빙긋 웃었다.

"저도 반가워요, 시엘 아저씨."

"아저씨? 내가 왜 아저씨야?"

시엘이 어이없어하며 물었다. 리닌은 당연하다는 듯 대답했다.

"서른 살이면 우리 엄마보다 나이가 많잖아요. 그러니까 당연히 아저씨죠."

"잠깐! 인간과 엘프는 나이 개념이 엄연히 달라. 난 아저씨가 아니라고."

"하지만 서른 살이면……."

"내 얼굴이 정말 아저씨 같니?"

"얼굴을 보면 아니지만."

리닌은 고개를 흔들었다. 누가 봐도 시엘은 열 살 정도의 소년이지 아저씨라 불릴 외모는 절대 아니었던 것이다.

"인간으로 치면 내 나이는 대충 열 살 정도야."

"그럼 엘프 오빠라 부르면 되나요?"

"헤헤! 그래."

시엘은 오빠라는 말을 듣자 매우 기분이 좋은 듯 다시 환한 미소를 지었다.

엘프 소년 특유의 천진한 미소.

그것은 마치 자연을 닮아 있었기에 그 미소를 보는 모두의 마음을 편안하게 만들었다.

그러나 샤크는 내심 어이가 없었다. 아까는 샤크에게 나이를 내세우며 어른 노릇을 하려던 시엘이 정작 리닌 앞에서는 비슷한 또래라며 아이 노릇을 하고 있으니 말이다.

'괘씸한 녀석 같으니.'

그래도 한편으로 잘됐다는 생각이 들긴 했다.

'녀석이 리닌과 좋은 친구가 되어 줄지도 모르겠군.'

시엘은 비록 30년을 살아온 엘프지만 정서는 생김새 그대로 아이들과 비슷했다.

"근데 엘프를 보다니 꿈만 같아요. 엄마의 말로는 엘프는 매우 희귀한 요정이라 했는데."

"에헤헷! 그건 맞아. 나 같이 희귀한 요정을 만나기란 쉽지 않지. 리닌, 넌 매우 운이 좋은 거야."

"호호, 그렇군요."

아니나 다를까 벌써부터 둘은 매우 친해진 듯 화기애애한 분위기가 펼쳐지고 있었다. 샤크는 짐짓 표정을 굳히며 말했다.

"시엘! 어쨌든 너는 크리오스 왕국에 도착하는 순간까지 나의 노예다. 따라서 그때까지는 노예로서의 본분에 충실해야 한다."

그 말에 시엘이 반색했다.

"그럼 크리오스 왕국에 도착하면 절 풀어 주실 건가요?"

"네가 열심히 한다는 조건하에서."

샤크가 고개를 끄덕이자 시엘은 환호하며 좋아했다.

"열심히 하겠어요."

"그럼 이제 가던 길을 가자. 시엘! 너는 저기 카치카를 부축하고 앞장서라."

그러자 시엘이 돌연 떨떠름한 표정을 지었다. 카치카를 치료해 준 것도 모자라 놈을 부축까지 하라니.

"헷! 제가 굳이 부축 안 해도 될 것 같은데요. 저 주걱턱을 가진 놈들은 워낙 힘이 좋을 뿐 아니라 회복력도 인간에 비할 수 없이 뛰어나거든요."

"그래서 안 하겠다?"

샤크의 인상이 험악해지자 시엘은 흠칫했다.

"당연히 해야죠. 계속 서쪽으로 가면 되나요?"

"방향은 카치카가 알려 줄 것이다."

"예."

시엘은 시무룩한 표정으로 고개를 끄덕였다. 그리고 어쩔 수 없다는 듯 카치카의 한쪽 팔을 잡고 부축했다.

"뭐, 뭐냐?"

어린 체구의 엘프 소년이 부축을 하자 카치카는 반사적으로 팔을 빼려 했다. 시엘은 그를 슥 노려봤다.

"가만있어라. 누군 좋아서 하는 줄 알아? 마스터의 명령이니 어쩔 수 없이 하는 것뿐이다."

"그렇군. 내가 엘프에게 부축을 받아 보다니 별일이 다 있구나."

"영광으로 알아라, 주걱턱."

"크크! 뭐 영광까지는. 어쨌든 잘 부탁한다, 엘프 꼬마."

"꼬마가 아니고 나는 시엘이다, 주걱턱."

"망할 놈! 나는 주걱턱이 아니라 거구즈다."

카치카도 자신의 이름을 밝혔다. 거구즈! 확실히 몬스터답게 이름도 기괴했다.

시엘은 왠지 그가 얄미웠지만 고개를 돌려 앞을 보고 말했다.

"방향이나 말해 봐. 어디로 가면 되지?"

"요 앞으로 쭉 가면 폐허가 나올 거다."

"뭐? 폐허?"

"그렇다."

그러자 시엘은 깜짝 놀란 표정을 짓더니 곧바로 고개를 돌려 샤크를 쳐다봤다.

"정말 폐허 쪽으로 가실 생각인가요, 마스터?"

"그래. 부상자도 있고 해서 거기에 잠깐 머무를 생각이다. 무슨 문제라도 있느냐?"

"폐허 지하에는 언데드들이 있어요. 스켈레톤, 좀비와 같은 언데드 말입니다."

"네가 직접 보았느냐?"

시엘은 고개를 끄덕였다.

"호기심차 내려갔다가 그놈들에게 하마터면 죽을 뻔했죠."

"그래."

샤크는 별일 아니라는 듯 픽 웃고는 옆에서 손을 잡고 있는 리닌을 쳐다봤다.

"리닌! 넌 혹시 언데드를 본 적 있느냐?"

"아뇨."

"그럼 이번 기회에 한번 구경해 보거라."

그 말에 리닌의 두 눈이 휘둥그레 커졌다. 뭔가 겁이 나면서도 호기심이 가득한 눈빛이었다. 샤크는 미소 지었다.

"걱정할 것 없다. 그 녀석들은 모습만 조금 흉측할 뿐 꽤 착한 녀석들이란다."

그 말에 시엘이 기막혀하는 표정을 지었다. 저게 무슨 말도 안 되는 소리인가. 언데드가 착한 녀석들이라니.

"언데드들이 착한 녀석들이라고요?"

"그 녀석들은 말을 아주 잘 듣는 녀석들이야. 그러니 착하다 할 수 있지."

"그럴 리가 없어요, 마스터. 그놈들이 얼마나 무서운 놈들인데."

시엘은 믿기지 않는다는 표정이었다. 샤크는 씩 웃었다.

"두고 보면 알 것이다."

시엘이 어찌 짐작이나 하겠는가. 샤크가 바로 전직 마왕이었음을.

그에게 있어 언데드는 장난감 인형이나 마찬가지다.

그가 비록 인간이 되었지만 마왕으로서 가졌던 모든 지식은 그대로인 것이다.

물론 언데드들을 다루려면 마기가 필요하지만, 그는 마

기와 비할 수 없이 강력하면서도 근원적인 기운인 무극지기를 다룰 수 있다.

비록 아직은 미량만 쌓았을 지라도, 그 정도면 스켈레톤이나 좀비와 같은 하급 언데드들을 조종하는 것쯤은 별로 어려운 일이 아니었다.

'언데드들을 우르르 데리고 다니긴 거추장스러우니 가장 쓸 만한 녀석 한 놈만 남겨 두고 없애버리는 게 좋겠군.'

다만 그곳에 언데드들만 있는 것이 아니라, 혹시라도 그것을 조종하는 흑마법사 혹은 마족 정도의 존재가 있다면?

그 경우 의외의 낭패가 될 가능성도 없지 않았다.

현재의 샤크가 감당하기 힘든 강적일 수도 있기 때문이다.

그러나 샤크는 그곳에 언데드들만 있다고 확신했다.

그렇지 않다면 그곳에 들어갔던 시엘이 무슨 수로 돌아왔을까? 아마도 지금쯤 그는 언데드가 되어 스켈레톤이나 좀비들과 어울리고 있었어야 정상인 것이다.

한편 샤크의 능력을 짐작도 못하고 있는 시엘은 수심이 가득했다.

'으! 그 끔찍한 놈들이 있는 곳으로 가다니. 저자는 미친 게 분명해. 우린 모두 죽고 말거야.'

시엘은 어쩔 수 없이 샤크를 마스터라 부르며 그의 노예 신세가 되고 말았지만 이대로 죽고 싶지는 않았다.

'도망쳐야 돼.'

이대로 폐허 근처까지 갈 수 없다는 생각에 시엘은 힐끗 샤크의 눈치를 보고는 걸음을 빨리 했다.

최대한 거리를 벌려 놓은 후 달아난다면 샤크가 쫓아오기 힘들 것이란 생각에서였다.

'다른 곳이라면 몰라도 숲에서라면 날 따라오기 힘들 거야.'

그렇게 시엘은 속으로 도주를 작정했다. 그러다 보니 아무래도 그러한 긴장감이 옆에 있던 카치카 거구즈에게도 전해졌나 보다.

스윽.

거구즈는 자신의 왼팔을 부축한 시엘의 오른팔을 다른 손을 들어 꽉 잡았다.

"아서라. 쓸데없는 짓 하지 마라, 시엘."

"쓸데없는 짓?"

"도망치려는 것 아니냐?"

그 말에 시엘은 움찔했다. 설마 거구즈가 자신의 계획을 눈치챌 줄은 몰랐던 것이다. 그러나 시엘은 시치미를 뚝 뗐다.

"지금 무슨 말을 하는 거지?"

"너는 아직 마스터를 잘 모른다. 나라면 그를 배신하느니 차라리 스켈레톤들에게 몸이 찢겨 죽는 쪽을 택할 거다."

"……!"

그 순간 시엘은 두 눈을 부릅떴다.

뱀에게 칭칭 감긴 개구리의 눈빛이 저럴까?

아니면 도살장에 끌려간 소의 눈빛이 저럴까?

거구즈의 처참히 일그러진 표정에서 극도의 공포심과 끝없는 체념이 느껴졌던 것이다.

대체 얼마나 샤크를 두려워하고 있기에 도주조차 생각하지 못하는지, 시엘은 자신도 모르게 섬뜩해져 몸을 떨었다.

거구즈가 다시 말했다.

"마스터는 네가 르메스 대륙의 끝으로 달아난다 해도 찾아낼 거다. 그때 어떻게 될지 아느냐?"

"모르지."

"너는 한 대 맞고 끝났지만 나는 백 대도 더 맞아봤다. 너도 그렇게 되고 싶냐?"

"……."

시엘은 할 말을 잊었다. 샤크에게 한 대 맞아봤던 경험으로 거구즈가 말한 백 대의 의미가 얼마나 끔찍한 것인지 상상할 수 있었던 것이다.

열 대도 아니고 백 대라니!

한 대를 맞아도 죽을 것 같았는데 백 대를 진짜로 때리다니!

'으! 저잔 사람도 아니야.'

무식한 괴력에 체력을 지닌 카치카니 살아남았지 연약한 엘프의 몸으로는 열 대만 맞아도 죽고 말 것이다.

그사이 시엘의 표정도 카치카 거구즈처럼 변해 있었다. 기회를 봐서 달아나겠다는 생각은 씻은 듯 사라졌다.

절망과 체념.

그렇게 그들은 터벅터벅 폐허가 있는 쪽으로 향했다.

Chapter 2

어둠의 결계

샤크 등이 폐허에 도착했을 때는 날이 어둑해질 무렵이었다.

'확실히 어둠의 기운이 느껴지는군.'

아주 오래전 작은 마을이 있었을 법한 이곳이 폐허로 변하고 지하에서 음산한 기운이 물씬 풍기는 데는 분명 이유가 있으리라.

곧바로 샤크는 폐허의 지하로 내려가는 계단 앞에 서서 말했다.

"다들 이곳에서 대기해라."

그러자 모두들 안심하는 표정이었다. 그때까지 죽을상을

하고 있던 시엘의 안색도 환해졌다.

순간 샤크의 시선이 시엘을 향했다. 그리고 손을 까닥였다.

"이리 와라, 시엘."

그러자 시엘은 움찔하더니 놀란 고양이처럼 겁먹은 표정을 지었다.

"설마 저도 가야 되나요?"

"가고 싶으냐? 원한다면 말리지는 않겠다."

"마스터께서 명령하시면 노예인 저로서는 어쩔 수 없겠지요. 하지만 두 번 다시 언데드들은 보고 싶지 않습니다."

시엘은 어깨를 움츠리며 눈물까지 글썽였다. 물론 짐짓 우는 흉내를 내는 것이었지만 그야말로 비 맞은 고양이처럼 불쌍해 보였다.

'쯧.'

샤크는 실소를 지었다. 아무리 소년의 외모라지만 그래도 서른 살이나 먹은 녀석이 저토록 겁이 많아서야.

"안심해라. 네가 할 일은 이곳에서 리닌과 헤나를 지키는 것이니까."

"예? 그럼 내려가지 않아도 되는군요."

시엘의 안색이 금세 환해졌다. 샤크는 고개를 끄덕였다.

"대신 언데드들이 튀어나올 수도 있으니 긴장을 풀면 안 돼. 일단 어두워지니 모닥불부터 피우도록 해라."

"예, 마스터."

시엘은 다시 긴장하는 표정을 지었다.

폐허의 지하에만 언데드들이 있는 것이 아니라, 날이 어두워지면 인근 숲에 잠들었던 언데드들이 근처로 몰려오는 경우도 있기 때문이다.

샤크는 그 사실을 짐작하고 있었기에 만일의 사태에 대비해 두기로 했다.

슥.

곧바로 샤크의 손이 시엘의 허리춤에 매인 화살통으로 향했다.

화살통에 들어 있는 화살은 모두 12개.

촛! 츠촛!

샤크는 각각의 화살촉에 미량의 무극지기를 주입했다.

"화살의 위력을 강화시켜 둘 테니 언데드가 나타나면 정확히 그것들을 겨냥해서 활을 쏴라."

"예."

기왕이면 카치카들의 도끼 등에도 무극지기를 주입해 주면 좋겠지만, 그와 같이 커다란 무기에는 화살촉과는 비할 수 없이 많은 무극지기를 주입해야 하니 문제였다.

'시엘이 가진 12발의 화살 정도면 충분하겠지.'

샤크는 카치카들을 향해 말했다.

"너희들은 무슨 일이 있어도 리닌과 헤나가 다치지 않도록 지켜라."

"예, 마스터."

"염려 마십시오, 마스터."

카치카들은 최대한 충성스러운 표정을 지으며 대답했다. 샤크는 고개를 끄덕이고는 마지막으로 리닌의 머리를 쓰다듬어 주었다.

"리닌, 다녀오마. 엄마를 잘 지키고 있도록 해."

"조심하세요, 샤크 아저씨."

헤나는 여전히 깨어나지 못한 상태였지만 포션이 효력을 발휘하며 외상이 눈에 띄게 아물었다. 내일 시엘이 특유의 치유 능력을 펼쳐 주면 그녀는 금세 회복될 수 있을 것이다.

곧바로 샤크는 계단을 따라 지하로 향했다.

나선형으로 만들어진 계단은 제법 길었다.

아래로 내려갈수록 시야가 어두워지더니 일순간 사방이 빛 하나도 보이지 않는 완전한 암흑으로 변했다.

그러나 그사이 샤크는 절대자연검식을 펼쳐 어둠과 일체가 되어 있었기에 시야는 문제가 되지 않았다.

'저쪽에 언데드들이 있군.'

과연 시엘이 말한 대로였다. 시뻘건 핏빛의 홍채를 이글거리는 좀비들과, 칙칙한 회색의 뼈들로 이루어진 언데드 스켈레톤들이 음침한 기세를 뿜어내며 서 있었다.

그러나 그것들은 무엇 때문인지 샤크를 향해 다가오지 못했다. 아니 오히려 샤크가 두려운지 조금씩 뒷걸음질 치고 있었다.

그럴 수밖에 없으리라.

아무리 둔한 언데드들이라 할지라도 샤크의 눈빛에서 은연중 피어나는 전직 마왕의 기세 앞에서는 움찔할 수밖에 없는 것이다.

"크르!"

"키이이!"

그러나 그것은 어디까지나 일순간일 뿐, 언데드들은 이내 샤크를 향해 성큼 다가오기 시작했다. 샤크가 평범한 인간이고 그의 육체에서 먹음직스러운 향내가 느껴졌기 때문이었다.

'가소로운 놈들 같으니.'

그 순간 샤크의 입가에 조소가 피어났고 그의 두 눈에서 백색의 빛이 번쩍 일었다.

번쩍!

화악—

언데드들이 마치 번개라도 맞은 듯 몸을 세차게 떨더니 맥없이 하나둘 바닥으로 허물어지기 시작했다.

털썩! 털썩!

그러다 남은 건 푸르스름한 색의 뼈를 가진 스켈레톤 하나뿐이었는데, 그것은 고통스러운 듯 몸부림을 쳤다.

"크, 크으으……!"

샤크는 스켈레톤을 차갑게 노려보며 말했다.

"저항하지 마라. 내게 복종하면 고통은 사라진다."

"……!"

그러자 스켈레톤의 몸부림이 멈췄다.

그것은 이내 샤크를 향해 공손한 태도로 허리를 숙여 인사하고는 마치 충성스러운 호위무사처럼 그의 옆에 섰다.

"그나마 가장 쓸 만한 녀석을 건졌군."

언데드들을 해치우는 데는 무극지기가 별로 소모되지 않지만, 권속으로 만들 때는 무극지기가 제법 소모된다.

샤크는 현재 무극지기의 양이 많지 않다 보니 이 원형의 철 방패와 도끼를 들고 있는 스켈레톤 워리어 하나만 권속으로 선택했다.

그것은 어둠 속에서라면 카치카들과는 비교할 수 없이 강력한 전투력을 발휘하게 될 것이다.

'대충 정리는 된 것 같은데, 그래도 혹시 모르니.'

샤크는 지하의 여러 방들을 하나하나 살펴봤다. 다행히 더 이상 언데드들은 보이지 않았다.

'좋아. 꽤 지저분하긴 하지만 치우면 한동안 지낼 만하겠지.'

이제 바깥에 있는 일행을 안으로 데려오기만 하면 될 것이다.

"……!"

그런데 가장 안쪽에 있던 방을 살펴보던 샤크의 안색이 돌연 딱딱하게 굳어졌다.

'이 방에 뭔가 있는 건가? 마기가 아주 강력하게 느껴지는군.'

그러고 보니 지하에 퍼져 있던 마기는 바로 이 방에서 비롯된 듯했다. 그 말은 곧 이 방 어디엔가 마기의 근원이 있다는 뜻.

'틀림없다. 날 속일 수는 없지.'

샤크의 시선이 날카롭게 방 안을 훑었다. 그러다 그는 방 안 중앙에 있는 오래된 석탁의 아랫부분을 쳐다봤다.

슥슥.

두텁게 가라앉아 있던 먼지를 흩어 내자 기괴한 문양의 글자들이 적혀 있었나.

'후후, 역시 이곳이었군.'

그것이 단순한 그림의 나열이 아니라 문자라는 사실을 알 수 있는 것은, 그가 가진 초월자로서의 능력에서 비롯된 것이다.

즉, 그에게 있는 절대 통역의 능력 속에는 그 어떤 문자들이라 해도 읽고 해독하는 능력도 포함되어 있었다.

호기심은 죽음을 부를 뿐이다.

문자들을 해독해 보니 짤막한 경고 문구였다.

'관심 두지 말라는 건가?'

샤크의 두 눈이 차갑게 빛났다.

'이 지하에 뭔가가 웅크리고 있군.'

이토록 강력한 어둠의 기운이 피어나는 걸 보면 만만치 않는 녀석임이 분명했다.

'안전한 휴식처가 되려면 위험 요인을 모두 제거해야겠지. 분명 다른 수작도 부려놨을 것이다.'

곧바로 샤크는 방 안의 먼지를 모두 쓸어 내고 바닥을 살펴봤다.

예상대로였다. 경고 문구가 새겨져 있던 곳을 중심으로 온갖 형상의 기괴한 도형들이 그려져 있었던 것이다.

'마법진?'

뜻밖에도 그것은 공간 이동 마법진이었다.

'이 아래로 통하는 통로였군.'

샤크는 마법진을 이용하면 이 방에서 매우 가까운 지하에 위치해 있는 한 방으로 이동할 수 있음을 알아냈다.

그것은 마법진을 해독하면 자연스레 알 수 있는 것으로, 이 정도 도식은 그에게 있어 아주 유치한 기초 수준에 불과했다.

발동 방법을 알아내는 것도 마찬가지.

샤크는 마법진의 특정 지점들에 무극지기를 조금씩 주입했다.

츳! 츠읏!

그러자 잠시 후 마법진의 테두리에서 붉은빛이 일어났다.

'발동 됐군.'

샤크는 회심의 미소를 지으며 마법진의 중앙으로 걸어갔다.

화아아악!

순간 강렬한 붉은빛이 샤크의 몸을 감쌌다. 잠시 후 그 빛이 사라졌을 때 샤크 또한 마법진에서 사라져 보이지 않았다.

물론 샤크는 마법진을 통해 방의 지하로 이동된 상태였다.

그곳에도 붉은빛의 마법진이 존재했고, 샤크는 그 마법진의 중앙에 서 있었다.

'놀랍군. 예상보다 어둠의 기운이 훨씬 강하다. 그럼 설마?'

방금 전까지 비교적 여유롭던 샤크의 표정은 다시 굳어져 있었다.

절대자연검식을 무의식으로 펼치며 그는 어둠을 뚫어 봤고, 그로 인해 이곳 공간에 무려 24개의 방이 존재함을 파악했다.

놀랍게도 모든 방이 서로 연결되어 있었는데, 강렬한 마기는 가장 멀리 있는 방에서 느껴졌다. 그 방으로 가려면 23개의 방을 통과해야 하는 것이다.

대체 그곳에 어떤 녀석이 웅크리고 있는 것일까?

'이 정도 기세라면 중급 마족 이상이겠군.'

샤크는 육체가 만들어진 지 얼마 되지 않은 터라 중급 마족을 만난다면 꼼짝없이 당하고 말 것이다.

'굳이 모험은 필요 없겠지.'

샤크는 잠시 고심했다. 승산이 희박한 상황이라면 더 이상의 모험은 자제해야 한다. 지금이라도 도주하는 것이 상책인 것이다.

그러나 그런 생각도 잠시.

성큼 첫 번째 방으로 들어서는 그의 두 눈이 강렬히 반짝였다.

'이런 기분도 정말 오랜만이로구나.'

위기로부터 느껴지는 팽팽한 긴장감!

덕분에 무극지기의 흡수 속도가 급격히 빨라졌다. 샤크는 그것을 이용해 보다 빨리 강해지고자 모험을 선택한 것이었다.

그때 어디선가 들려오는 음성.

"죽고 싶지 않다면 물러가라."

쇠를 긁어 대는 듯 거슬리는 소리! 그로부터 마기가 물씬 풍겼다. 딱 들어도 그것은 인간의 음성이 아니었다.

'역시 마족 녀석인가?'

샤크는 신체의 모든 감각을 최대한 개방시켜 만일의 사태에 대비했다.

솔직히 저 미지의 존재가 중급 마족이 아니라 하급 마족만 된다 해도 지금의 샤크로서는 대적하기 힘든 강적이라 볼 수 있었다.

물론 그것은 어디까지나 물리적인 전투력으로 따져 봤을 때의 얘기일 뿐.

'전쟁의 승패는 꼭 물리적인 능력의 차이로만 결정되지 않지.'

특별한 방법으로 심리적 우위를 확보할 수 있다면 얼마든지 상황이 달라질 수 있다는 것!

샤크는 그런 방법에 있어서 매우 능숙했다.

특히 전직 마왕이었던 그로서는 마족들을 다루는 것이 무식한 마물들을 다루는 것보다 오히려 수월할 수도 있었다.

무식한 마물들과는 비할 수 없이 현명한 마족들!

그들은 그만큼 생각이 많기 때문에 두려움 또한 많다. 특히나 마왕에 대한 두려움은 상상을 초월한다. 그것을 이용한다면?

곧바로 샤크의 두 눈에서 섬뜩한 흑광이 번쩍였다.

"크하하핫! 감히 나 마왕 샤크 테사우루스에게 협박을 하는 네놈은 누구냐?"

그의 괴소와 음성이 크게 울리며 파동처럼 사방으로 쏘아져 나갔다.

웅웅웅! 웅웅웅웅―

본래와 달리 그의 웃음소리는 매우 사이했고, 음침했다.

마왕이 아니면 펼칠 수 없는 마왕소(魔王笑)였다.

사실 샤크는 무극지기를 선천마기로 살짝 변환시킨 후 마왕소를 펼쳤다. 마왕소에는 특정 반경에 있는 모든 영역에, 설령 밀폐된 공간들이라 할지라도 경고를 발할 수 있는 특별한 능력이 존재하기 때문이다.

이는 물론 그의 무극지기가 선천마기에 비해 더욱 근원적인 힘이기에 가능했고, 또한 그가 전직 마왕이다 보니 마왕의 신체와 능력에 대해 훤히 꿰고 있기 때문에 가능한 일이기도 했다.

무극지기보다 더욱 근원적인 힘인 차원력!

심지어 그조차도 초월한 미증유의 힘인 혼돈력까지 터득한 샤크에게 있어 하위 단계에 있는 힘들을 변환시켜 사용하는 일쯤은 아주 손쉬운 일인 것이다.

다만 현재 쌓은 무극지기의 양이 적다 보니 마왕소를 펼치는 것에는 한계가 있었다.

딱 한 번!

즉, 마왕소를 펼치고 나자 샤크는 체내에 쌓였던 무극지기의 대부분이 소진되고 말았다.

물론 무극지기의 흡수 속도가 빨라진 만큼 회복 속도도 빠르긴 하지만, 그래도 소진된 무극지기를 모두 회복하려면 최소한 반나절 정도는 지나야 했다.

즉, 그가 지금 적의 공격을 받는다면 꼼짝없이 당하고 말 것이다. 심지어 좀비나 스켈레톤들조차 감당할 수 없는 상태였다.

그래도 그는 여유만만 했다.

마지막 방에 웅크리고 있는 정체불명의 존재가 마족이라면 방금 전 그가 펼친 마왕소 앞에서 기겁할 수밖에 없기 때문이다.

마왕소가 무엇인가.

그것은 이곳에 마왕이 나타났음을 의미하는 것이다.

혹시나 덜 떨어진 마족이 그것을 못 알아챌까 봐 샤크 스스로도 자신이 마왕이라는 것을 밝히기도 했다.

이 같은 상황이라면 하급이나 중급 마족은 물론이고, 심지어 상급 마족일지라도 지금쯤 간이 콩알만 해져서 덜덜 떨고 있을 것이다.

'어떤 녀석인지 모르지만 이제 살고 싶다면 알아서 나타나 나의 권속이 되고자 하겠지.'

기왕이면 하급 마족이었으면 좋을 성싶었다.

중급이나 상급 마족이라면 눈치가 빨라 계속 두고 부려먹기가 쉽지 않기 때문이다. 그들은 아마도 샤크가 마왕이 아니라는 사실을 금세 눈치채고 말 것이다.

그러나 그들과 달리 비교적 눈치가 둔한 하급 마족이라면 한동안 매우 충실한 하수인이 되어 줄 가능성이 높았다.

그리고 설령 그가 눈치를 챈다 할지라도 그때는 이미 샤크의 능력이 하급 마족 이상으로 높아져 있을 테니 별달리 걱정할 일도 아니었다.

그러나 상황은 샤크의 기대와는 전혀 다르게 움직였다.

쿠구구궁!

갑자기 샤크가 들어왔던 방의 입구 위로부터 시커먼 철문이 내려왔다.

콰아앙!

철문이 바닥에 부딪히며 굉음을 냈고 동시에 핏빛의 구름이 방 안을 뒤덮었다.

뭉클뭉클!

샤크는 인상을 찌푸리며 상황을 지켜보았다.

'어둠의 결계?'

틀림없었다. 방이 입구와 차단되고 주변에 어둠의 결계까지 펼쳐졌다. 대체 무슨 일이 벌어지려는 것일까?

"어리석군. 그대는 경고를 무시했으니 그 방을 영원히 벗어나지 못할 것이다."

그때 다시금 쇠를 긁어 대는 음침한 음성과 함께 바닥을 뚫고 좀비들이 대거 나타났다.

"키키키! 이…… 인간이다."

"카카카캇! 살아 있는 인간이구나."

언뜻 봐도 20여 마리는 됨직한 언데드들! 그것들로부터 풍겨나는 마기는 아까 해치웠던 녀석들에 비해 훨씬 강력했다.

그러나 샤크는 그것들이 나타난 것보다 자신의 예상이 빗나간 것이 뜻밖이었다.

'마왕소를 듣고도 꿈쩍하지 않다니. 놈은 대체 누구인가?'

마물이나 마족들이라면 절대 있을 수 없는 일이었다. 설령 굴복하지 않더라도 도주했어야 정상인 것이다.

'설마 드래곤?'

그러고 보니 그럴 가능성도 충분했다. 샤크는 이곳 르메스 대륙에 드래곤이 있다는 사실을 이미 카치카들로부터 상세히 들었다.

하지만 지금은 그런 게 중요한 것이 아니었다.

저 어둠 속에 웅크린 채 언데드들을 조종하는 정체불명의 존재가 그 누구이든 샤크로서는 이제 선택의 여지가 없었다.

퇴로가 차단되었고, 어둠의 결계까지 펼쳐진 이상 무조건 돌파해야 할 것이다.

다만, 지금의 샤크는 하급 마족 하나도 감당하기 힘든 상태였다. 또한 그는 방금 전 무극지기를 모두 소진하여 지금으로서는 하찮은 좀비에게도 무력하게 당할 가능성이 높았다.

"쿠아아아!"

창! 차캉! 퍽퍽!

그나마 조금 전 만들어 둔 충실한 권속인 스켈레톤 워리어가 새로 나타난 언데드들을 상대로 용감히 싸우고 있었지만, 혼자서 무려 20마리가 넘는 언데드들을 해치우기란 불가능했다.

이런 절망적인 상황에서도 샤크의 눈빛은 오히려 담담하게 번뜩이고 있었으니.

'네놈이 누구인지는 모르겠지만, 상대를 잘못 선택했다.'

그가 누구이던가?

아직 새로운 육체에 쌓인 힘이 미약해서 평범한 인간처럼 보일 뿐, 수백이 넘는 일루전의 초월자들을 두려워 떨게 만든 초월자 중의 초월자다.

누군지 몰라도 재수가 억수로 없다고 봐야 하리라.

세상에 건드릴 자를 건드려야지 하필이면 샤크를 건드렸다는 말인가?

물론 이대로라면 잠시 후 샤크의 몸은 차디찬 시체로 변할 수도 있겠지만, 그때야말로 이곳에 진정한 재앙이 시작되게 될 것임을 짐작이나 할 수 있을까?

샤크는 팔찌가 부서지지 않는 한 다시 부활한다.

그러나 미증유의 차원력이 응축되어 있는 그 팔찌는 설령 초월자가 나타난다 해도 부술 수 없을 만큼 견고했다.

이른바 절대 차원력의 팔찌!

그것은 가장 안전한 장소에서 샤크의 몸을 부활시킬 것이다.

샤크가 원하는 종족으로!

마왕이건 드래곤이건 아니면 다시 인간이건, 샤크의 의지대로 새로운 육체가 생성되리라.

'또다시 실없는 마왕 노릇을 하고 싶지는 않으니 드래곤으로 태어나는 것도 괜찮겠군.'

드래곤의 육체는 마왕에 버금가는 강력한 위력이 있을 것이니 연약한 인간의 육체와는 비교조차 되지 않을 것이다.

그래도 샤크는 가능하면 현재의 상태에서 최선을 다해 보기로 했다. 기왕 인간으로 태어났는데 며칠도 되지 않아 죽는다면 너무 허무하지 않은가.

창! 차캉!

그사이에도 충실한 권속인 스켈레톤 워리어는 샤크를 향해 언데드들이 다가오지 못하게 기를 쓰고 막았다.

그렇게 대여섯 마리의 언데드들과 뒤엉켜 싸우는 스켈레톤 워리어를 무시한 채 두 마리의 좀비가 샤크에게 다가와 시커먼 식칼을 휘둘렀다.

"키키키! 죽어라!"

휙! 휙!

샤크는 힘겹게 피했지만 연이어 달려온 좀비가 휘두른

도끼가 그의 왼쪽 어깨에 내리꽂혔다.

우직!

"크윽!"

왼쪽 어깨가 함몰되었다.

푹! 푸확!

비틀거리는 샤크의 복부와 옆구리에 좀비들이 휘두른 단검이 사정없이 박혔다.

"으윽!"

상처에서 피가 분수처럼 쏟아져 나왔다. 샤크의 몸은 맥없이 바닥으로 허물어졌다.

"키키키! 피다."

"신선한 인간의 피다."

움컥! 움컥!

좀비들이 샤크의 몸을 찌르다 말고 사방으로 튄 피를 마시며 좋아했다.

'제길!'

이대로라면 꼼짝없이 죽고 만다. 물론 다시 부활하겠지만 아무리 그래도 명색이 초월자인 그가 좀비에게 당한다는 것은 상당히 어이없는 일이었다.

아마 어디 가서 창피해 얼굴도 들지 못할 것이다.

다행히 그사이 미량이지만 무극지기가 쌓였다.

생존의 위기가 극심해지자 무극지기의 흡수가 더욱 빨라진 까닭이었다.

순간 샤크의 창백해진 얼굴에 싸늘한 미소가 피어났다.

'그래. 그 방법이 있었어.'

어쩌다 보니 만신창이 상태의 고깃덩이로 변했지만 그에게는 광협 백룡이 가졌던 공전절후의 무공 지식들뿐 아니라 전직 마왕으로서 습득했던 방대한 마법 지식들이 존재한다.

특히 그중에는 사악하기 이를 데 없는 사술(邪術)이나 흑마법, 주술 등도 포함되어 있었으니.

츠츠츠츠—

왼쪽 팔이 날아가고 가슴과 옆구리 등에서 콸콸 피가 쏟아져 나와 죽기 일보 직전인 그의 두 눈에서 돌연 시커먼 안광이 쏟아져 나왔다.

그 안광은 그의 바로 앞에서 커다란 도끼를 흔든 채 피를 마시고 있던 덩치 큰 좀비의 몸을 휘감았다.

부르르르.

순간 좀비의 몸이 세차게 떨렸다가 잠잠해졌다.

'성공이군.'

좀비의 입가에 씩 미소가 맺혔다. 놀랍게도 그것은 좀비의 미소가 아니라 샤크의 미소였다.

그렇다.

샤크는 좀비에게 빙의하는 데 성공한 것이다.

보통 빙의라 하면 육체가 없는 혼령이 살아 있는 육체를 사로잡아 조종하는 것을 의미하는데, 지금 샤크의 경우는 그와 전혀 달랐다.

즉, 그의 육체와 정신은 그대로 존재하면서 좀비에게 빙의하는 데 성공한 것이다.

그렇다면 그의 정신은 하나인데 어떻게 그의 육체와 좀비의 육체에 동시에 존재할 수 있는 것일까?

물론 그가 마왕이라면 그것이 이상한 일이 아니다. 마왕은 인간과 달리 정신을 여러 개 혹은 수백, 수천 개로 나누어 각각의 권속을 조종하는 것도 불가능한 일이 아니기 때문이다.

그러나 인간에게도 비록 제한적이지만 그와 같은 능력을 충분히 발휘할 수 있는 방법이 있으니, 그것이 바로 사술이었다.

Chapter 3

백룡혼천빙의대법
(白龍混天憑依大法)

혼천빙의대법(混天憑依大法).

샤크의 전전생이라 할 수 있는 무림에서 사황(邪皇) 이수룡이 사용하던 사악한 사술로 사파십대무공의 하나였다.

이는 본래 강시를 조종하기 위해 만든 대법을 발전시킨 것으로, 보통의 강시술과는 차원부터 달랐다.

즉, 혼천빙의대법은 원거리에서도 강시를 완벽하게 조종하는 것이 가능했다. 사실상 강시 그 자체가 되어 움직일 수 있기 때문이다.

한 가지 단점이 있다면 혼천빙의대법을 펼치는 순간에는 시전자의 정신이 빙의 된 강시에게만 집중되어 본신의 의식은 수면 상태로 접어들게 된다는 것!

당시 사황 이수룡은 악마불사강시(惡魔不死殭屍)라는 공전절후의 초강력한 강시를 만들었다. 그리고 그것을 조종해 일시적으로 광협 백룡을 곤란에 빠뜨리기도 했다.

놀랍게도 악마불사강시의 능력은 당시 절대자연검식을 완성했던 백룡의 능력으로도 감당하기 힘들 정도였던 것이다.

물론 이후에 그가 터득한 만상무극검법을 펼쳤다면 악마불사강시 따위야 가볍게 먼지로 만들어 버렸겠지만, 아쉽게도 당시 그의 깨달음은 절대자연검식에 머물러 있을 때였다.

그러나 항상 그렇듯 백룡은 정면 승부만을 고수하지 않았다. 그가 달리 전쟁의 달인이었겠는가.

그는 혼천빙의대법의 약점을 간파하고 있었기에 악마불사강시와 직접 싸우는 대신 어둠 속에 웅크리고 있던 사황 이수룡의 본신을 찾아내 패대기쳐 버림으로 사파를 가볍게 접수하는 데 성공했다.

그 후로 그는 사파의 십대무공을 비롯해 모든 사파의 사술 등을 섭렵했다. 그것은 그가 가진 무공에 대한 호기심 때문으로, 그는 정사마를 가리지 않고 새로운 무공이라면 닥치는 대로 연구하곤 했다.

아마도 그의 그러한 광적인 연구가 아니었다면, 추후 가히 신의 절학이라 할 수 있는 만상무극검법의 창안은 불가능했을지도 모른다.

바로 지금 샤크는 그때의 일을 떠올리며 아득한 기억 속에 잠자던 끔찍한 사술을 펼쳐 낸 것이다.

물론 혼천빙의대법이 가진 약점을 완벽하게 보완한 새로운 사술이었다.

광협 백룡으로서의 자존심이 있지, 어찌 하찮은 사파의 사술을 그대로 사용하겠는가. 비록 그것이 사파의 십대무공 중 하나라 하지만 당시 백룡이 볼 때는 허술하기 짝이 없었다.

특히 본신이 무력해지는 약점은 반드시 보완해야 할 점이었다.

'강시를 조종할 때는 무적일지라도 본신이 무력한 상태라면 쓸모가 없지.'

그래서 그는 마음을 둘로 나누는 무당의 태극양의심공(太極兩意心功), 마음을 여러 개로 나누는 밀교의 분심다의밀공(分心多意密功), 천마의 의지로 백 개의 무기를 동시에 조종한다는 마교의 천마어병술(天魔馭兵術) 등을 비롯한 갖가지 신묘한 절학에 나와 있는 방법을 총동원해 사실상 혼천빙의대법을 재창안했다.

백룡혼천빙의대법(白龍混天憑依大法)!

지금 펼친 것이 바로 그것이었다.

즉, 샤크는 본신은 본신대로, 빙의된 좀비는 좀비대로 각각의 정신을 지배할 수 있었다. 두 개의 정신은 제각각 움직이지만 실상 그 두 개의 정신이 모두 그였다.

마왕이라면 이런 기괴한 대법까지 펼쳐 가며 구차하게 싸우지 않아도 되었겠지만, 연약한 인간은 할 수 있는 모든 수단을 구차하게 동원하지 않으면 생존할 수 없다.

'차라리 구차한 것이 무료한 것보다 나은 법이지.'

마왕들의 표정에 항상 권태가 가득한 이유가 바로 이같이 치열한 삶이 존재하지 않기 때문이다.

그로 인해 그들은 발전이 없다.

샤크 이외에는 마왕들 중에 초월자가 거의 나오지 않았다는 말은 일루전들로부터 들었던 얘기였다.

반면에 인간들은 스스로의 연약함을 극복하기 위해 끝없이 노력하고, 그중의 일부는 마왕을 쓰러뜨릴 만한 능력의 용자가 되기도 한다.

또한 희박한 확률이지만 초월자가 되는 경우도 있는 것

이다.

엄밀히 말하면 샤크 역시 그러한 축에 들었다 볼 수 있었다. 마왕으로서의 몸은 껍데기였을 뿐 실상 그의 정신은 인간이었으니까.

'이걸 진짜로 펼쳐 보게 될 줄은 몰랐군.'

만들어 두긴 했지만 실제로 펼쳐 보게 될 일은 없을 줄 알았다.

이제 잠시 후 저 좀비들에게는 큰 재앙이 벌어질 것이다. 그것도 다른 이도 아닌 같은 좀비에 의해서 말이다.

그사이 만상무극심법을 운용하고 있는 그의 본신은 따로 신경 쓰지 않아도 스스로 치료되며 재생될 것이다.

필요한 것은 무극지기가 쌓일 만한 시간뿐.

그러한 시간은 권속인 스켈레톤 워리어가 충분히 벌어 주리라.

샤크는 즉시 권속인 스켈레톤 워리어를 불렀다.

"너는 이제부터 나를 지키는 데만 집중해라."

"며…… 명을 받듭니다!"

충직한 스켈레톤 워리어는 후다닥 샤크가 있는 곳으로 달려왔다. 그러자 그와 싸우고 있던 좀비들이 우르르 그의 뒤를 쫓아왔다.

순간 샤크에게 빙의된 좀비가 바람처럼 이동해 좀비들을 가로막았다.

"크크크……!"

샤크는 좀비 중 가장 덩친 큰 녀석을 선택했다. 그것은 덩치가 큰 만큼 다른 좀비들에 비해 힘이 압도적으로 강력하기 때문이었다.

'힘도 대단하지만 이 녀석은 언데드답게 마공을 펼치기에는 최적의 육체를 가졌군.'

샤크는 곧바로 좀비의 육체 내부에 마기가 가장 효율적으로 움직일 수 있는 통로 즉, 기혈(氣穴)들을 만드는 작업에 착수했다.

모두 인간의 육체라면 생성이 불가능한 위치였다.

그러나 언데드인 좀비에게는 아무런 제약이 되지 않았다. 원하는 위치에 기혈을 생성할 수 있으니 마공을 펼치기 가장 이상적인 기로(氣路)를 형성시키는 것도 가능했다.

그 모든 과정은 순식간에 이루어졌다.

츠팟—

일순간 좀비 샤크의 두 눈에서 흑광이 피어났다. 동시에 그의 육체로 주변의 마기가 빨려 들 듯 흡수되기 시작했다.

만상암흑심법!

이는 만상무극심법을 좀비의 육체에 맞게 변형시킨 것이다. 보통의 마기를 농축시켜 그와 비할 수 없이 강력한 기운을 축적할 수 있었다.

다름 아닌 암흑마기(暗黑魔氣)!

그것은 물론 무극지기에 비하면 불완전한 기운이지만 흡수 속도는 비할 수 없이 빨랐다. 그것이 바로 만상암흑심법이 만상무극심법과 비교했을 때 가지는 유일한 장점이라 할 수 있었다.

즉, 암흑마기를 가공할 만한 속도로 흡수해 엄청난 속도로 강해질 수 있는 것이다.

다만 만상암흑심법을 통해 장차 차원력을 다루기란 불가능했다. 차원력은 만상무극심법을 통해 쌓은 방대한 무극지기 혹은 그에 준하는 기운을 통해서만 다룰 수 있는데, 암흑마기는 그에 비할 수 없이 불완전한 기운이기 때문이다.

그러나 굳이 빙의 된 좀비까지 초월자의 경지에 이를 필요는 없을 것이다. 샤크가 볼 때 이 좀비는 이대로 빠르게 강해져 본신을 지켜 주는 수호자의 역할만 해 주면 충분했다.

'흑룡! 너의 이름은 이제부터 흑룡이다.'

샤크는 빙의 된 좀비의 이름을 지었다. 사실 그것은 그 자신의 또 다른 이름이라 할 수 있었다.

다시 말해 좀비의 육체는 언데드지만 정신은 샤크 자신이기에 스스로 또 하나의 이름을 부여한 것이다.

조만간 이 좀비는 어둠의 화신과 같은 능력을 발휘하게 될 것이니 백룡과 대비되는 이름인 흑룡(黑龍)이 딱 적합했다.

'아직 이 녀석의 꼴이 좀 우습지만 마기가 잔뜩 쌓이면 외모도 보통의 인간과 다를 바 없이 말끔하게 변할 것이다.'

헝클어진 회색의 머리카락 사이로 섬뜩하게 빛나는 흑색의 동공! 비록 썩어 문드러진 피부지만 강인한 근육질의 몸체를 가진 언데드!

그가 바로 좀비 흑룡이었다.

한편 그때 다른 좀비들은 덩치 큰 좀비 흑룡이 자신들의 앞을 가로막자 잠시 혼란스러워하는 듯했으나 이내 무기를 사납게 휘두르며 달려들었다.

쒸이이잉!

흑룡은 그것들의 공격을 가볍게 피한 후 배틀 엑스를 크게 휘둘렀다.

퍽! 퍼퍽!

"키악!"

"쿠아악!"

단 한 번의 공격에 좀비 셋의 머리가 몸체에서 사라졌다.
이어서 번쩍 휘두른 배틀 엑스의 공세에 좀비 두 마리의 몸
체가 반쪽이 나서 바닥으로 나뒹굴었다.

"크크크크……."

흑룡의 입가에서 음침한 괴소가 일어나 방을 울렸다. 이
는 물론 그의 의도와 상관없이 터져 나오는 좀비 특유의 웃
음소리였다.

'큭! 웃음소리 봐라. 내가 정말로 좀비가 된 기분이군.'

마왕도 되어봤는데 좀비쯤이야 뭐 대수로울까?

흑룡은 마치 태생부터 좀비인 듯 금세 그것의 몸에 적응
했다. 심지어 성격도 좀비처럼 거칠어졌다.

그러다 보니 샤크 본신이 가진 성격과 흑룡이 되어 있는
샤크의 성격은 상당히 다른 부분이 존재했다.

어떻게 보면 다중인격과 흡사할 것이다.

그러나 샤크는 그 스스로 새로운 인격을 창조할 수 있을
뿐만 아니라 얼마든지 통제가 가능하다는 것에 있어서, 보
통의 다중인격과는 달랐다.

'좀비는 좀비다워야 제 맛이지.'

좀비가 엘프나 인간 같다면 어울리지 않는다.

언젠가 본신이 초월자의 경지에 이르면 흑룡을 소멸시킬 수도 있겠지만, 그때까지 샤크는 흑룡을 또 하나의 인격이자 자아이며, 일종의 객체로서 대우하기로 했다.

그리고 만일 그때 가서 별 문제가 없다면 굳이 흑룡을 소멸시키지 않을 생각도 있었다.

그리고 보면 세상에 흑룡처럼 충실한 동료가 어디에 있겠는가. 그 어떤 상황에서도 자신이 자신을 배신하지는 않을 테니까.

그사이에도 흑룡은 배틀 엑스를 마구 휘둘러 좀비들을 때려눕혔다.

쿵! 퍼퍽—

그렇게 바닥으로 쓰러진 좀비들은 두 번 다시 일어나지 못했다. 모두 처참히 몸이 부서진 채로 나뒹굴고 있었다.

'흐읍—!'

흑룡은 좀비들의 몸에서 쏟아져 나온 마기를 기분 좋게 들이켰다. 동시에 부서진 좀비들의 신체 조각들 중 마기가 남아 있는 부분은 골라내 입에 넣고 씹었다.

으적! 으적! 퉤!

굳이 씹은 후 삼킬 필요까지는 없었다. 조각들에 있는 마기만 빨아 먹은 후 뱉어 내면 되는 것이다.

으직! 으적! 짭짭!

사체를 먹는 느낌은 어떤 기분일까? 그것도 보통의 사체가 아닌 좀비의 사체를!

아마 보통의 인간이라면 하늘이 무너진다 한들 할 수 없는 끔찍한 일이리라.

그러나 좀비 특유의 인격으로 창조된 흑룡에게는 별일도 아니었다.

으적! 퉤퉤!

'제길! 그래도 기분이 좀 그렇군.'

아무리 좀비라지만 엄연히 인간의 자아도 가지고 있는 흑룡이다. 물론 따져 보면 마왕 시절 이보다 더한 곤충마물들도 간식 삼아 씹어 먹긴 했지만.

'좋건 싫건 이보다 빠른 방법은 없으니 어쩔 수 없지.'

빠르게 마기를 흡수할 수 있다면 그만큼 빠르게 강해질 수 있다.

따라서 그는 망설이지 않았다. 심지어 이보다 더한 짓이라도 얼마든지 할 수 있었다.

꺼어억!

잠시 후 모든 사체 조각들의 마기를 빨아 먹은 흑룡은 뿌듯해하는 얼굴로 트림을 하며 주위를 둘러봤다. 그사이 어둠의 결계는 사라지고 예의 방이 모습을 드러냈다.

방은 의외로 말끔했다.

그가 씹다 뱉은 좀비들의 잔해는 흔적도 없이 사라졌다. 그것은 당연했다. 방금 전 사라진 어둠의 결계와 이 방은 사실상 전혀 다른 장소이니까.

"......."

흑룡은 잠시 샤크를 바라봤다. 방 안의 구석에는 스켈레톤 워리어가 묵묵히 서 있었고, 그 아래에는 샤크가 눈을 감고 운기요상 중이었다.

'내가 타인이 되어 나를 바라보는 기분이 꽤 묘하군.'

그 느낌은 마왕 시절 분신의 눈으로 본신을 바라볼 때와는 또 달랐다.

물론 나쁘지 않았다.

뭔가 짜릿한 느낌이랄까?

이제 그는 흑룡으로서의 삶을 사는 동시에 그의 진정한 본격(本格)이자 본신이라 할 수 있는 샤크를 지키는 임무를 수행하기로 했다.

샤크를 지키는 것!

그것이 바로 좀비 흑룡의 존재 이유이니까.

바로 그때.

샤크가 눈을 번쩍 떴다. 그는 흑룡을 향해 말없이 미소 지었다.

씩.

인격은 구분되어 있지만 둘은 모든 생각이 공유되는 터라 특별히 서로 대화를 나눌 필요가 없었다.

그냥 거울을 보듯 서로를 볼 뿐.

거울과 다른 점이 있다면 각각 다른 자신의 외모를 보고 있다는 것이리라.

히죽.

흑룡 또한 샤크를 보며 미소 지었다. 샤크의 멋들어진 미소와는 달리 무척이나 음침한 좀비의 미소였다.

"쿠쿠쿠! 첫 번째 관문을 통과하다니 제법이로구나."

다시 쇠를 긁는 듯 거슬리는 그 음성이 방을 울렸다.

툭!

동시에 뭔가가 천장에서 떨어져 내렸다.

알 수 없는 재질의 보물 상자.

"그것은 첫 번째 관문을 통과한 보상이다. 자신 있다면 두 번째 관문에 도전해 보아라."

쿠구궁! 쿠구구궁!

그와 함께 육중하게 닫혀 있던 두 개의 철문이 동시에 열렸다. 하나는 아까 들어왔던 입구였고, 다른 하나는 그 반대편에 존재하던 또 다른 철문이었다.

'관문이라! 감히 어떤 녀석이 이따위 장난을 치고 있는 건가?'

흑룡의 시커먼 안면 근육이 씰룩였다. 그는 누군가 이 상황을 흥미롭게 지켜보며 자신을 시험한다는 생각이 들자 기분이 과히 좋지 않았다.

'누군지 모르지만 너는 곧 후회하게 될 것이다.'

흑룡은 바닥에 떨어진 보물 상자를 열어 그 안을 살펴봤다.

생명력을 회복할 수 있는 포션 1병과 은화 10개!

'보물이라 보기엔 소소하군.'

그보다 이런 건 좀비에게 별 필요가 없다. 인간인 샤크에게나 필요할 것이다. 흑룡은 상자를 샤크 앞쪽으로 던진 후

두 번째 방 안으로 성큼 들어섰다.

쿠구구궁!

그러자 철문은 곧바로 닫히고 방 안에는 다시 어둠의 결계가 펼쳐졌다.

휘이이잉—

어둠의 결계는 주변 지형을 변화시켰다. 밀실 형태의 방에 있던 흑룡은 거친 광풍이 몰아치는 황무지 위로 이동된 상태였다.

그의 앞에는 철갑과 도검으로 무장한 각종 언데드 전사 30여 마리가 포진하고 있었다.

"키키키! 이곳이 어디라고 왔느냐?"

"쿡쿡! 죽어라……!"

언데드 전사들은 흑룡을 보자마자 먹잇감을 본 늑대들처럼 사납게 달려들었다.

아무리 흑룡의 덩치가 크다지만 무려 30여 마리가 넘는 언데드 전사들과 싸워 이길 수 있을까?

물론 오직 좀비로서의 전투력만 따진다면 흑룡은 저 중 한둘도 제대로 상대하기 힘들 것이다.

그러나 흑룡은 보통의 좀비가 아니었다. 언데드 전사들은 그에게 있어 그저 유희감에 지나지 않았다.

"크카카캇! 가소로운 놈들 같으니!"

배틀 엑스가 사방으로 풍차처럼 회전했다.

휭휭휭—

순간 폭풍처럼 일어난 십여 개의 부영(斧影)들이 언데드 전사들을 덮쳤다.

콰앙! 쾅! 파파팍!

"쿠아악!"

"케엑!"

언데드 전사들의 머리가 사정없이 터져 나갔다.

"알고나 죽어라. 이것이 바로 대력파산부법이라는 것이다."

하북팽가의 무공 중 하나인 대력파산부법(大力破山斧法)! 명문 무가의 무공인 만큼 공수(攻守)의 전환이 완벽하며 위력 또한 강했다.

그 놀라운 절학이 시공간을 초월해 이 낯선 르메스 대륙에서, 그것도 좀비의 손에서 펼쳐진 것을 팽가의 무인들이 알게 된다면 어떤 기분일까?

"크큭큭!"

흑룡의 입가에 맺힌 광소(狂笑). 그의 헝클어진 머리카락 사이로 어두운 기운이 번뜩일 때마다 배틀 엑스가 번개처럼 공간을 갈랐다.

콰직! 콰콰쾅!

언데드 전사들의 머리가 터졌고 팔다리가 부러져 나갔다.

"캭!"

"쿠어억!"

사실 대력파산부법은 당시 백룡이 중하위급으로 분류한 무공일 뿐이다.

그러나 그것은 우람한 근육질에 괴력을 가진 좀비 흑룡의 육체에 최적화된 무공이라 할 수 있었다. 특히 지금처럼 마기가 미약한 수준에서는 말이다.

'모든 것에는 단계가 있는 법. 가능한 몸에 무리가 가지 않는 무공을 펼치는 것이 가장 현명한 일이다.'

흑룡은 차근차근 단계를 밟아 강해지기로 했다. 그러기 위해서는 이 좀비로서의 육체를 혹사시키면 안 된다. 자칫 부서져 버릴 우려가 있으니까.

으적! 으적! 짭짭!

그사이 언데드 전사들이 모두 쓰러졌고 흑룡은 그것들의 사체 조각을 하나씩 주워 씹었다.

퉤!

마기만 빨아 먹고 뱉는 것의 반복이었다. 마기가 사라진 언데드들의 사체는 작게 쪼그라들거나 혹은 먼지가 되어 부서졌다.

오물오물!

사체들의 맛은 당연히 별로였지만 마기는 꿀처럼 달았기에 이 과정이 그리 지루하지는 않았다.

그리고 맛을 떠나서 마기가 체내에 흡수될 때는 아주 강렬한 쾌감이 존재했다. 그때마다 흑룡의 눈빛은 더욱 강렬해졌고, 시커멓게 썩어 있던 그의 피부가 점차 윤택하게 변했다.

"제법이구나. 과연 세 번째 관문도 통과할 수 있을지 보겠다."

그때 또 예의 음침한 음성이 들림과 동시에 어둠의 결계가 사라졌다.

스스스—

주변의 정경이 황무지에서 밀실로 바뀌었고, 천장에서 보물 상자 하나가 툭 떨어져 내렸다.

쿠구구궁!

동시에 아까처럼 두 개의 철문이 열렸다. 하나는 세 번째 방으로 들어가는 문이고 다른 하나는 첫 번째 방으로 돌아가는 문이었다.

흑룡이 뒤를 돌아보자 열린 문 사이로 샤크가 여전히 눈을 감고 운기요상을 취하고 있는 모습이 보였다.

그는 다시 고개를 돌렸다. 그러고는 보물 상자를 열어 보지도 않고 세 번째 방으로 들어갔다.

'귀찮으니 보물은 네가 챙겨라, 샤크.'

스스로에게 말하는 것이 왠지 우습긴 하지만 앞으로는 이에 익숙해져야 할 것이다. 둘은 엄연히 별개의 인격이니까.

그러자 샤크의 옆에서 그를 지키고 있던 스켈레톤 워리어가 빠르게 달려와 보물 상자를 들고 샤크의 앞에 내려놓았다.

스윽.

순간 샤크가 눈을 번쩍 뜨고는 손을 뻗어 보물 상자를 열었다. 이번에는 금화 1개와 포션 2병이 들어 있었다.

'후후, 덕분에 나는 앉아서 보물을 챙기는구나.'

샤크는 흐뭇한 미소를 지었다. 흑룡은 관심 없어하는 포션과 돈이었지만 샤크에게는 매우 요긴했다.

특히 포션의 성능은 매우 신비했다. 아까 얻은 포션을 상

처 부위에 바르자 그사이 눈에 띄게 상태가 회복되었던 것
이다.

거기에 만상무극심법의 신묘한 효력으로 인해 함몰되어
떨어져 나갔던 왼팔이 상당 부분 재생되었다.

이내로라면 앞으로 한 시진도 지나지 않아 그의 몸은 본
래대로 회복될 것이다.

계속해서 흑룡은 각 방에 펼쳐진 어둠의 결계를 차례로
격파했다. 결계마다 언데드들의 숫자가 좀 더 늘어났을 뿐
특별히 대단한 전투력을 지닌 존재는 없었다.

으직! 으적!

짭짭! 튀―

흑룡은 마기를 섭취하는 것을 잊지 않았다. 그로 인해 그
는 방을 통과할 때마다 강해졌다.

덕분에 신이 난 것은 샤크였다. 이 기괴한 관문을 만든
녀석이 누구인지 모르지만 매번 보물 상자를 보상으로 던
져 주는 것을 잊지 않았던 것이다.

갈수록 상자에 들어 있는 포션의 숫자와 돈의 액수가 늘
어났다.

흑룡이 스물세 번째 관문을 돌파했을 때 샤크는 무려 포

션 40병과 1000골드 상당의 돈을 얻을 수 있었다.

"스물세 번째 관문까지 통과하다니 그대의 실력은 과연 인정받을 만하다. 그러나 마지막 관문은 결코 쉽지 않을 것이다."

쿠구구구궁!

철문이 닫히며 어둠의 결계가 펼쳐졌다.

휘이이이—

다시 거친 광풍이 몰아치는 황무지. 흑룡은 자신의 앞에 나타난 거대한 그림자를 담담히 노려봤다.

거무튀튀한 대검을 쥐고 있는 이가 그림자의 주인이었다.

그는 좀비 흑룡보다 무려 두 배는 더 큰 덩치를 가진 초대형 몬스터였으니!

'사이클로프스?'

정확히는 언데드 사이클로프스.

전신의 피부가 시커멓게 썩어 있었는데, 유독 외눈박이 동공만이 핏빛으로 섬뜩하게 번쩍였다.

그러나 그로부터 풍겨나는 강렬한 마기는 그동안 해치웠던 언데드들과는 차원부터 달랐다.

그것은 당연하리라.

사이클로프스는 지상 몬스터들의 제왕이라 불리던 오우거에 버금가는 전투력을 지닌 몬스터가 아닌가.

그런데 그것이 언데드가 되며 생전보다 몇 배 강력한 몬스터로 변한 것이다.

물론 그래 봤자 흑룡에게는 탐나는 먹잇감에 불과했다.

꿀꺽!

흑룡은 군침을 흘림과 동시에 입가를 비틀며 웃었다.

"크큭! 아주 먹음직스러워 보이는 녀석이군."

마기에 대한 탐식적 본능이 좀비 특유의 광기와 합쳐져 상상할 수 없는 끔찍한 충동을 일으켰다.

샤크라면 당연히 그 충동을 제어했겠지만 흑룡은 달랐다.

사실 제어할 필요가 없다.

그는 인간이 아닌 좀비니까.

따라서 그는 언데드 사이클로프스의 마기를 흡수해 더욱 강해지겠다는 마음뿐이었다.

Chapter 4

흑룡, 강해지다!

흑룡은 배틀 엑스를 치켜들며 담담히 외쳤다.

"멀뚱히 서 있지 말고 덤벼라, 언데드."

그동안 23개의 관문을 통과하며 언데드들의 마기를 흡수한 덕분에 그의 투박했던 피부는 눈에 띄게 하얘졌다.

그러나 알록달록한 핏빛과 검은빛이 창백한 피부와 어우러져 있어 여전히 음산한 분위기를 자아냈다.

그리고 보면 살벌함에 있어서도 그는 언데드 사이클로프스에 전혀 뒤지지 않았다.

"쿠오오오오오!"

그때 언데드 사이클로프스가 크게 포효를 지르며 달려왔

다.

쿵쿵쿵!

그것은 육중한 체구와 달리 속도가 무척 빨랐다. 그야말로 바람처럼 접근해 대검을 휘둘렀다.

쒸익!

흑룡은 배틀 엑스를 올려 막았다.

카앙!

대검과 배틀 엑스의 격돌!

'으윽!'

흑룡의 몸이 뒤로 튕기듯 밀려났다. 그의 창백한 피부가 쩍쩍 갈라지더니 그로부터 검붉은 피가 흘러나왔다.

'덩치답게 무식한 힘을 가진 녀석이군.'

고통이 느껴졌지만 흑룡은 씩 웃었다.

만상암흑심법의 특성상 이럴 때 오히려 마기의 흡수는 빨라진다. 게다가 좀비 특유의 빠른 회복력이 더해져 갈라졌던 피부가 금세 본래대로 복원되고 있었으니.

쒸익!

다시 대검이 날아왔다. 흑룡은 맞받지 않고 피한 후 배틀 엑스를 휘둘러 언데드 사이클로프스의 머리를 찍어 버렸다.

쾅직!

"쿠어어억!"

단 한 방이지만 거대한 언데드 사이클로프스의 몸체가 머리부터 그대로 뭉개져 버렸다.

'끝났군.'

어떻게 보면 마지막 관문이라 보기엔 싱거울 정도로 간단했다. 언데드 사이클로프스를 이토록 쉽게 해치울 수 있을 줄이야.

그러나 그사이 흑룡의 전투력이 그만큼 강해졌기 때문에 사실 당연한 일이라고 봐야 했다.

그때 부서진 언데드 사이클로프스의 몸체로부터 검붉은 마기가 새어 나왔다.

'흐읍!'

흑룡은 만상암흑심법을 펼쳐 마기를 모조리 흡입했다. 그리고는 여전히 마기가 서려 있는 사체 조각들을 뜯어서 씹었다.

으직! 으적! 퉤!

마기가 특히 많이 뭉쳐 있는 부분은 매우 딱딱한 상태라 이빨로 씹어서 부드럽게 한 후 흡수해야 하는데, 그것이 여간 번거로운 것이 아니었다.

그래도 마기가 혀에 착 달라붙었을 때의 기막힌 미감(味感)과 더불어 그것이 체내로 축적될 때의 짜릿한 쾌감이 있어, 크게 지루하지만은 않았다.

잠시 후 언데드 사이클로프스의 사체에 남아 있던 마기를 모두 흡수한 흑룡은 가부좌를 틀고 앉아 만상암흑심법을 운용했다.

그전의 언데드들과 달리 언데드 사이클로프스에서 섭취한 마기의 양이 비교할 수 없이 많았기에 통제가 쉽지 않았다.

이걸 그대로 방치했다간 자칫 마기의 폭주가 일어날 우려가 있다.

다행히 잠시 심법을 운용하자 새로 흡수된 마기들이 단전의 마기와 조화되어 기맥을 통해 안정적으로 움직이기 시작했다.

'후후, 순식간에 두 배는 강해진 것 같군.'

그의 거칠던 머리카락에서 반들반들한 윤기가 흘렀다. 검붉은 반점들이 피어 있던 피부 또한 깨끗하게 변해 언뜻 보면 그가 좀비인지 알아보기 힘들 정도였다.

다만 그가 두 눈을 번쩍 뜨자 선연한 핏빛을 연상케 하는 홍광이 번뜩였기에, 음산한 분위기는 여전했다.

그사이 어둠의 결계는 사라지고 그는 마지막 방으로 돌아왔다.

"크크크. 마지막 관문까지 통과하다니 대단하구나. 그대라면 나를 만날 자격이 있다."

보물 상자가 떨어져 내리며 예의 음침한 음성이 방을 울렸다. 흑룡은 보물 상자에는 관심도 두지 않고 방 안을 살폈다.

바닥에서 강렬한 마기가 느껴지는 걸 보면 이 방의 지하가 수상했다.

'바닥에 또 마법진이 숨겨져 있는 게 분명해.'

그는 바닥의 먼지를 쓸었다. 아니나 다를까, 예의 공간 이동 마법진이 흔적을 드러냈다.

'역시.'

마법진을 해독해 발동 방법을 알아낸 흑룡은 긴장된 표정으로 마법진을 내려다봤다.

'드디어 그놈을 만나 볼 수 있겠군.'

그가 그사이 강해졌다지만 적어도 중급 마족 이상으로 추정되는 그 정체불명의 존재와 싸워 이길 수 있다는 보장은 없었다.

물론 그렇다 해서 꼭 진다는 보장도 없었다.

승패는 싸워 봐야 알게 될 것이다.

그는 곧바로 마법진을 가동시켰다.

츠츠츳!

마법진에서 강렬한 붉은빛이 일어나 그의 몸을 휘감았다.

번쩍! 화아아악!

그 순간 흑룡은 새로운 장소로 이동해 있었다.

'이곳은 또 뭔가?'

이제 이 폐허의 지하에 기괴한 관문들을 만들어 장난을 치고 있던 녀석을 만날 수 있으리라 기대했던 그의 예상과 달리, 또 다른 관문이 그를 기다리고 있었던 것이다.

"그대가 비록 24개의 관문을 통과했지만, 그것만으로는 아직 부족하다. 이번 관문을 통과해 나를 만날 자격을 증명하라."

"……."

흑룡은 말없이 어둠을 뚫어 봤다.

'이놈은 대체 누구이며, 무슨 수작을 부리고 있는 건가?'

이곳 마기의 농도는 상층에서 느꼈던 것과 비할 수 없이 짙었다.

게다가 무려 96개의 방이 미로처럼 얽혀 있었으니!

즉, 이 방대한 지하 공간은 96개의 관문이라 할 수도 있고, 그것이 합쳐진 하나의 초거대 관문일 수도 있었다.

곳곳에서 지금 그의 능력으로도 경시할 수 없는 가공스러운 기운이 느껴지는 것으로 볼 때, 그야말로 전력을 다하지 않으면 통과가 쉽지 않을 듯했다.

'큭!'

흑룡의 입가에 의미심장한 미소가 피어올랐다.

'네가 무슨 목적을 가지고 있는지 모르지만 나로선 오히려 고맙다고 해야겠군.'

이 거대한 관문을 통과하기란 상당히 번거로울지도 모른다. 그러나 그 과정에서 흑룡은 다른 어떤 방법을 동원하는 것보다 훨씬 빠르게 강해질 수 있을 것이다.

따라서 흑룡으로선 오히려 반가운 일인 것이다.

다만 이 관문을 만들어 놓은 존재의 꿍꿍이를 알 수 없다는 것이 다소 꺼림칙할 뿐.

물론 크게 꺼림칙해할 것도 없을 것이다.

어차피 그자가 무슨 꿍꿍이를 부린다 한들, 그따위 수작에 당할 흑룡이 아니었으니까.

'그럼 시작해 볼까?'

한편 그때 샤크는 좀비들에게 입었던 부상을 모두 치료한 후 흑룡이 언데드 사이클로프스를 해치우고 얻은 보물 상자를 살펴보는 중이었다.

'오! 이번에는 활이 들어 있군.'

그동안은 포션과 돈만 나왔는데, 마지막 보물 상자에서 처음으로 다른 물건이 나왔다.

은빛 활대의 아름다운 단궁!

근처에서 은은한 마나의 파동이 느껴지는 걸로 보아 마법이 깃들어진 것이 분명했다.

샤크는 그것을 들어 자세히 살펴봤다.

'영구 적중력 증가에, 주변의 마나를 흡수해 마나 화살을 날릴 수 있는 능력까지! 게다가 파괴력까지 부가되었군. 누군지 몰라도 제법 잘 만들었는걸.'

흑룡에게는 몰라도 지금의 샤크에게는 꽤 유용하게 쓰일 만한 무기였다. 이 활만 있으면 무극지기를 거의 소모하지 않고도 강력한 공격을 날릴 수 있을 테니 말이다.

'잘됐어. 당분간 이걸 무기로 사용해야겠다.'

물론 조만간 그의 경지가 높아지면 굳이 번거롭게 이런 활을 들고 다니지 않아도 되겠지만, 지금으로서는 천군만 마처럼 힘이 되어 줄 무기였다.

'관문이 제법 크고 복잡해 보이던데 흑룡이 그걸 통과하려면 시간이 꽤 걸릴 거야.'

사실 그는 흑룡을 도와줄 생각도 없었지만, 설령 도와주고 싶어도 그것이 불가능했다. 방금 작동된 마법진이 돌연 흔적도 없이 사라져 버렸기 때문이다.

즉, 샤크가 흑룡이 있는 관문으로 가면 억지로 지하를 뚫고 가야 한다.

그러나 아래는 강력한 어둠의 결계로 휩싸여 있는 터라 현재 샤크의 능력으로는 진입 자체가 불가능한 상태인 것이다.

그러나 무슨 걱정인가? 흑룡이 알아서 다 잘할 텐데 말이다.

'이렇게 편한 줄 알았으면 진작 이 방법을 써먹을 걸 그랬군.'

세상에 이토록 편하게 사는 방법도 존재할 줄이야. 앞으로도 샤크는 험한 일은 모두 좀비 흑룡에게 시키기로 했다.

"이제 돌아가자, 칼둔."

"예, 로드."

스켈레톤 워리어의 이름은 칼둔. 물론 샤크가 지어준 이름이었다.

터벅! 터벅!

앙상한 뼈다귀들로 이루어진 칼둔은 방패와 검을 등 뒤에 찬 후 어깨에는 커다란 자루를 들고 샤크의 뒤를 따랐다.

잠시 후 그들은 첫 번째 방의 중앙에 위치한 마법진 위에 섰다. 다행히 본래의 지하로 돌아가는 마법진은 사라지지 않았다. 샤크는 즉각 마법진을 가동시켰다.

츠웃! 화아아악!

붉은빛이 눈부시게 휘몰아치다 사라진 순간 샤크는 예의 어둑한 방으로 돌아와 있었다.

크아아! 차창! 카캉!

어디선가 고함이 울렸고 연이어 무기 부딪치는 소리가 들렸다. 지하는 아니었다. 이곳의 좀비들은 아까 샤크가 모두 정리했기 때문이다.

'바깥에 언데드들이 나타난 건가?'

폐허의 지상에도 마기가 미약하나마 흩어져 있어 밤이

되면 언데드들이 출몰할 가능성이 높았다. 그래서 만일에 대비해 시엘의 화살촉에 무극지기를 주입해 두었던 것이다.

"자루는 그곳에 두고 나를 따라와라, 칼둔."

"예, 로드."

칼둔은 포션과 돈이 들어 있는 자루를 방의 구석에 조심스레 내려놓았다. 그러고는 검과 방패를 양손에 장착한 후 샤크를 따라왔다.

슉! 팟─

시엘이 쏜 화살이 목에 박히자 좀비는 몸을 움찔 멈췄다.

"끄으으……."

화살에 박힌 부위부터 몸체가 부서지기 시작하더니, 이내 그것의 몸체는 가루로 변해 흩어져 버렸다.

"크크, 잘한다, 시엘!"

"크흐흐! 이제 여섯 마리 남았다."

카치카 거구즈와 거트가 환호했다.

거트는 헤나를 업고 있던 카치카로 거구즈, 시엘과 함께 주변에서 몰려온 언데드들과 맞서 싸우고 있었다.

그러나 정작 언데드들을 쓰러뜨리는 이는 시엘뿐이었다. 카치카들의 힘과 민첩성은 뛰어났지만 언데드들을 해치우지는 못했기 때문이다.

언데드들은 머리가 부서지거나 팔다리가 날아가도 죽지 않고 덤벼들었다. 날아간 머리가 다시 돌아와 몸체에 붙기도 하고, 잘려 나간 팔다리가 새로 솟아나기도 하니 카치카들로서는 속수무책이었던 것이다.

다행히 시엘이 활을 쏠 때마다 언데드들은 무력하게 쓰러졌고, 그 즉시 가루로 변해 흩어져 버렸다.

그 사실을 알게 된 카치카들은 시엘이 활을 쏘기 쉽게 언데드들을 한쪽으로 몰았다. 또한 시엘이나 헤나 등에게 언데드들이 덤벼들지 않게 막아 주기도 했다.

그런 식으로 엘프 하나와 카치카 둘이 호흡을 맞춰 언데드들을 일방적으로 해치우고 있는 진풍경이 벌어졌다.

팍—

"꾸아악!"

그사이 또 하나의 언데드가 쓰러졌다. 카치카들은 환호했지만 시엘의 표정은 굳어진 상태였다.

'남은 화살은 하나뿐인데 언데드는 아직 다섯 마리가 남았어.'

시엘은 본래 자신의 능력으로는 언데드들을 절대 해치울 수 없다는 사실을 잘 알았다.

화살에 깃들여진 신비한 기운!

바로 그것이 아니었다면, 머리가 끊어지고 팔다리가 날아가도 꿈쩍하지 않는 언데드들에게 그 어떤 피해도 줄 수 없다는 사실을 말이다.

그러다 보니 시엘은 샤크가 점점 신비하게 느껴졌다.

대체 화살에 그는 어찌 그런 신비한 능력을 부여할 수 있을까? 설마 그는 상급의 능력을 지닌 마법사란 말인가?

물론 지금은 그런 한가한 의문을 가지고 있을 때가 아니었다.

"시엘! 그쪽으로 한 놈 간다. 어서 죽여!"

카치카 거구즈가 다급히 외쳤다. 그의 말대로 커다란 덩치의 좀비 하나가 시엘을 향해 핏빛의 홍채를 번뜩이며 달려왔다.

"키키키!"

그러나 시엘은 돌연 화살을 다른 방향으로 날렸다. 언제 또 나타났는지, 좀비 하나가 침을 질질 흘린 채로 헤나와 리닌이 있는 곳으로 접근하고 있었던 것이다.

팍!

"꾸억!"

머리가 꿰뚫린 좀비는 그대로 쓰러졌고, 이내 연기가 되어 흩어져 버렸다. 그러나 그에 환호할 사이도 없이 시엘은 자신의 지척까지 다가온 좀비와 맞서야 했다.

화살이 사라진 이상 단검으로 승부를 봐야 할 상황!

"에잇! 죽엇! 이 망할 좀비 놈아!"

시엘은 훌쩍 몸을 날려 좀비의 목에 단검을 찔렀다.

푹!

단검은 너무 쉽게 들어갔다. 자루까지 박혀 끝이 목 뒤로 삐져나오기까지 했다.

그러나 그것뿐이었다. 좀비는 그 상태로도 꿈쩍하지 않았다. 오히려 코웃음을 날리며 육중한 주먹으로 시엘을 후려쳤다.

퍼억!

"으악!"

시엘은 그대로 날려가 나동그라졌다. 좀비가 성큼성큼 달려와 바닥에 널브러진 시엘의 머리채를 잡아 올렸다.

"키키키!"

좀비는 마치 사냥감을 획득한 맹수와도 같이 의기양양한 표정을 짓더니 이내 입을 쩍 벌리며 시엘의 목덜미를 물어뜯으려 했다.

바로 그때.

스컥!

갑자기 푸른빛이 번쩍하더니 좀비의 목이 툭 잘려 바닥으로 나동그라졌다.

스컥! 스컥! 파악!

계속해서 시엘의 머리채를 잡고 있던 좀비의 팔이 잘려 나갔고 그것의 몸체가 반쪽이나 바닥으로 널브러졌다.

덕분에 시엘은 무사할 수 있었다. 꼼짝없이 좀비에게 물어뜯겨 죽을 것이라 생각했던 그로서는 돌연 벌어진 상황에 멍한 표정을 지었다.

"아, 당신은?"

헝클어진 푸른 머리. 그녀는 가냘픈 체구로는 어울리지 않는 대검을 쥐고 서 있었다. 다름 아닌 헤나였다.

그녀는 방금 전까지 혼절 상태로 폐허의 부서진 기둥 한쪽에 기대어 있었는데, 그녀와 리닌을 향해 좀비가 다가오는 순간 깨어났다.

그것은 위기 상황에 반응하는 그녀의 본능적 감각이라 할 수 있었다. 오랜 수련을 하지 않았다면 가질 수 없는 위기 감각!

그때 그녀로서는 처음 보는 웬 엘프 소년이 활을 쏴 그 좀비를 해치워 버렸다. 그리고 그녀가 그에 놀랄 사이도 없이 엘프 소년은 다른 좀비에게 얻어맞고 죽을 지경에 처하고 말았다.

헤나는 벌떡 일어났다.

천만다행히도 그녀의 옆에 애용하던 대검이 놓여 있었기에, 그녀는 즉시 달려와 대검을 휘둘러 좀비를 토막 내 버린 것이다.

꿈틀꿈틀!

그런데 믿을 수 없게도 좀비의 사체들이 바닥을 기어 합체되고 있는 것이 아닌가. 반쪽이 된 몸체가 하나로 합쳐졌고, 잘려 나간 머리가 개구리처럼 콩콩 튀어와 몸체에 붙었다.

"키키키!"

그렇게 금세 멀쩡해져 키득거리는 좀비의 모습에 헤나는 깜짝 놀랐다.

전신이 토막 났는데도 죽지 않고 살아나는 괴물이라니!

그 모습에 아무리 담력이 강한 헤나라 해도 모골이 송연해지지 않을 수 없었다. 문제는 그런 괴물들이 한둘이 아니라는 것!

"저것들은 대체 뭐지?"

그러자 뒤에서 그 상황을 지켜보던 리닌이 말했다.

"좀비들이에요, 엄마."

"좀비? 그러니까 언데드?"

"맞아요."

그제야 상황이 이해가 된 헤나였다. 그녀가 언데드를 본 적은 처음이다. 몸이 부서져도 다시 복원되어 살아나는 끔찍한 괴물을 보며 언뜻 언데드가 아닐까 생각하긴 했지만 설마 진짜 언데드일 줄이야.

"우리가 어쩌다 좀비가 있는 곳으로 온 거야? 그보다 샤크는 어디 있니?"

그러자 리닌 대신 시엘이 빙긋 웃으며 대답했다.

"마스터는 저기 지하에 있는 언데드들을 해치우러 가셨어요, 헤나 님."

헤나는 엘프 소년이 자신의 이름을 알고 있자 놀랐다.

"그래? 근데 넌 혹시 엘프니?"

"시엘이에요. 당신이 짐작하듯 난 엘프가 맞아요."

"그렇구나."

헤나는 시엘의 눈부신 미소를 보며 잠시 멍한 표정을 지었다.

말로만 듣던 엘프라니!

엘프는 희귀하기로 따진다면 좀비와 비할 수 없는 존재다. 르메스 대륙의 인간들이 살아서 꼭 한 번 봤으면 하는 신비한 종족이 바로 엘프인 것이다.

'좀비에 이어 엘프까지! 이게 어떻게 된 걸까?'

혼절했다 깨어나니 세상이 변해 있었다. 저쪽에서 카치카들이 좀비들과 엉켜 싸우고 있는 장면을 헤나는 혼란스러운 표정으로 쳐다봤다.

그때 시엘이 다시 씩 웃으며 말했다.

"날 구해 줘서 고마워요, 헤나 님."

"천만에. 네가 날 먼저 구해 줬지. 네 앞에도 좀비가 있었는데 말이야."

"헤헤, 그건 그랬죠."

시엘이 쑥스러워하는 웃음을 짓자 헤나는 그를 슥 노려봤다.

"이유가 뭐야?"

"이유라뇨?"

"내 말은 왜 네가 위험한 상황에도 오히려 나와 리닌을 구해 줬냐는 거지?"

그러자 시엘은 의젓한 표정을 지으며 말했다.

"그야 물론 헤나 님과 리닌을 구하기 위해서죠."

"그러다 네가 죽을 수도 있었잖아."

"그렇게 죽는다 해도 어쩔 수 없는 일이죠. 하지만 난 위기에 처한 레이디들을 못 본 척할 수는 없었어요."

위기에 처한 레이디를 구해? 헤나는 일순 멍해졌다. 그러다 이내 미소를 지었다.

"그런 이유였니?"

"물론이죠."

시엘은 씩씩하게 대답했다. 헤나는 그런 시엘이 귀여워 죽겠다는 표정을 지었다.

그러던 그녀가 돌연 대검을 번쩍 휘둘렀다. 조금 전 복원된 좀비가 흐느적거리며 다가와 시엘을 움켜쥐려고 했던 것이다.

스컥! 스컥!

좀비의 목이 툭 떨어지고 몸체가 다시 반쪽이 나서 나동그라졌다.

퍼억!

이어서 헤나는 좀비의 머리를 발로 힘껏 차 까마득히 멀리 날려 버렸다. 그 모습에 시엘이 두 눈을 휘둥그레 떴다.

"오! 그런 멋진 방법이!"

헤나는 머리를 쓸어 넘기며 미소 지었다.

"시엘! 이제 넌 저쪽에서 리닌을 지키고 있도록 해. 좀비들은 내가 상대하도록 하마."

"예."

시엘은 흔쾌히 고개를 끄덕이며 리닌의 옆으로 달려갔다. 그사이 헤나를 향해 두 마리의 좀비가 접근하고 있었다.

"흥! 와라."

헤나는 대검을 번쩍 쳐들고 그것들을 노려봤다.

'머리를 최대한 멀리 날려 보내면 되는 거야.'

머리가 없다 해도 좀비의 몸체가 움직이는 데는 지장이 없지만, 방향 감각을 상실해 큰 위협이 되지 않았다. 그러다 머리가 날아와 몸체에 붙게 되면, 그때부터 위협적인 존재가 되는 것이다.

따라서 최대한 머리를 멀리 날려 보내면 그만큼 좀비가 전투력을 회복하는 데 걸리는 시간이 길어지게 되고, 그러다 보면 날이 밝아오게 되어 좀비들은 무력해질 것이 분명했다.

헤나는 고작 좀비 한 마리를 처치했지만, 단번에 좀비들과의 전투 요령을 터득했다. 그간 많은 전투를 경험하며 노련해진 덕분이었다.

스칵! 스칵! 팍—

그녀의 대검이 번쩍일 때마다 좀비들의 머리가 바닥으로 떨어졌고, 그것들은 이내 발에 차여 멀리 날아갔다.

그러자 그 장면을 옆에서 지켜본 카치카들도 그녀를 따라 하기 시작했다.

"케케, 저런 좋은 방법이 있었구만."

"쿠흐흐! 나는 발보다 손이 편해. 이놈들의 목을 따서 던져야겠어."

카치카들은 도끼를 휘둘러 좀비들의 목을 자른 후 그것을 힘껏 집어 던졌다. 좀비들의 머리는 이내 까마득히 멀리까지 날아갔다.

그러다 보니 어느새 근처에는 머리 없는 좀비들의 몸체만 흐느적거리고 있었다. 카치카 거구즈가 그것들을 한데 몰았고, 거트는 몸체로 돌아오는 좀비들의 머리를 하나씩 붙잡아 다시 멀리 던지는 일을 반복했다.

'훗, 저 녀석들이 있으니 편한걸.'

헤나는 손등으로 이마에 맺힌 땀을 닦으며 카치카들이 좀비들을 무력화시키는 장면을 여유롭게 쳐다봤다. 이제는 그녀가 굳이 나서지 않아도 카치카들이 손쉽게 좀비들을 다루고 있었던 것이다.

그사이 어느덧 밤이 지나고 날이 밝아 오기 시작했다. 멀리 동살이 환하게 비치는 모습을 보며 시엘과 리닌이 환호했다.

"하하! 날이 밝았다!"

"좀비들이 달아나고 있어요."

그들의 말대로였다. 콩콩거리며 몸체가 있던 곳으로 달려오던 좀비들의 머리가 두더지처럼 땅속으로 파고들기 시작했던 것이다. 몸체들도 마찬가지였다.

"휴, 이제야 끝났군."

"흐흐, 징그러운 녀석들이었다."

체력이라면 어디 가서도 뒤지지 않는 강철의 몬스터인 카치카들도 좀비들과 밤새 실랑이를 벌이느라 피곤한 기색이 역력했다.

헤나 역시 그때까지 만일을 대비해 긴장을 하고 있던 터라 좀비들이 사라지자 맥이 탁 풀리며 온몸에 피곤이 엄습해 왔다.

'몸이 완전히 회복되지 않은 상태에서 무리를 했어. 그보다 샤크는 왜 나오지 않는 거지?'

그녀는 금세라도 쓰러질 것 같았지만, 대검을 지팡이 삼아 샤크가 내려갔다는 폐허의 지하 계단을 쳐다봤다.

'아니?'

그러던 그녀의 두 눈이 휘둥그레 커졌다.

대체 언제 나왔을까?

계단의 중턱쯤에 샤크가 이상한 자세로 눈을 감고 앉아 있는 모습이 보였기 때문이다.

Chapter 5

멧돼지 사냥

본래 샤크는 스켈레톤 워리어 칼둔을 투입해 시엘 등을 위협해 온 좀비들을 해치우게 할 작정이었다.

　그러나 헤나가 적시에 깨어나 좀비들을 여유롭게 상대하는 모습을 보고는 생각을 바꿨다. 그들 스스로 해결할 수 있는 일이라면 굳이 그가 나서서 도와줄 필요가 없다고 생각했기 때문이다.

　가능한 스스로 해결하게 한다!

　정말로 위험한 때만 도움을 준다!

　그래야 그들이 경험을 통해 성장할 수 있기 때문이다.

　이는 아득한 전전생의 백룡 시절부터 비롯된 그의 방침

이었다.

따라서 헤나 등이 밤새도록 좀비들과 실랑이를 벌이는 사이 그는 조용히 가부좌를 틀고 앉아 무극지기의 흡수에 집중했고, 틈틈이 스켈레톤 워리어 칼둔의 능력을 강화시키기도 했다.

'칼둔 녀석은 언데드의 특성상 빛이 있는 곳에서는 무력해지고 만다. 그러나 녀석이 가진 힘의 근원을 어둠의 기운이 아닌 무극지기로 바꿔 버리면 대낮에도 아무렇지 않게 활보할 수 있게 되겠지.'

무극지기로 움직이는 언데드라!

설마 어둠의 기운이 존재하지 않는 언데드가 존재할 수 있다는 말인가?

물론 초월자의 지식을 가진 그가 하고자 한다면 얼마든지 가능했다. 다만 아직 그가 가진 무극지기가 충분치 않다 보니 칼둔이 완벽하게 개조되는 데는 다소 시간이 필요할 것이다.

"샤크! 거기서 뭐 해?"

한편 그사이 날이 밝아와 샤크가 태평스레 앉아 있는 모습이 드러났고, 가장 먼저 그의 모습을 발견한 헤나가 그를 불렀다.

샤크는 기지개를 펴며 말했다.

"잠깐 쉬고 있었다. 그보다 넌 좀 괜찮으냐?"

"난 이제 완전히 회복됐어."

"그래? 근데 어째서 다리를 떨고 있는 거지?"

대검을 지팡이 삼아 간신히 서 있는 헤나의 모습은 결코 완전히 회복된 상태가 아니었다. 그녀는 금세라도 쓰러질 것처럼 위태로워 보였던 것이다.

그러나 그녀는 남 앞에서 약한 모습을 보이기 싫어하는 특유의 자존심을 가지고 있었다.

그래서인지 샤크가 다리를 떨고 있다 말하는 순간 그녀의 다리는 기적처럼 우뚝 멈췄다.

"호호! 떨긴. 내가 언제 다리를 떨었다는 거야?"

"솔직히 말해 봐라. 정말 괜찮은 거냐?"

"괜찮다니까. 볼래?"

헤나는 자신이 멀쩡하다는 것을 증명하기 위해 대검을 사방으로 힘차게 휘둘러 보였다.

휙! 휘휙!

순간 그것이 무리가 되었는지 그녀의 팔뚝과 옆구리, 허벅지 등에서 피가 퍽퍽 새 나왔다. 포션의 기운으로 인해 간신히 봉합되어 있던 상처 부위가 결국 터지고 만 것이다.

샤크는 황당해하는 표정으로 물었다.

"괜찮다더니 그 피는 뭐냐?"

"이상하네. 웬 피가 흐르지?"

순식간에 피투성이로 화한 그녀는 스스로도 어이가 없는지 머리를 긁적였다.

"엄마, 으앙!"

순간 옆에서 지켜보고 있던 리닌이 깜짝 놀라 울음을 터뜨렸다. 엄마가 피투성이로 변했으니 당연한 일이었다.

"난 괜찮단다, 리닌. 그저 상처 부위가 살짝 터졌을 뿐이야."

헤나는 아무렇지도 않다는 듯 씩씩하게 웃어 보였다. 그러나 그 말과 달리 그녀는 이내 눈을 감더니 그대로 쓰러져 혼절하고 말았다.

"앗, 엄마!"

리닌은 쓰러진 헤나를 붙잡고 어쩔 줄 몰라 했다. 그러자 옆에서 보고 있던 시엘이 다가와 말했다.

"걱정 마, 리닌. 헤나 님의 상처는 내가 치료해 줄게."

"정말이세요……?"

"그래. 일단 울음을 그쳐봐."

리닌은 울음을 뚝 그치고 시엘을 쳐다봤다. 시엘은 씩 웃으며 고개를 끄덕였다.

"너도 그때 봤지? 내게는 치료 능력이 있거든."

"네, 봤어요."

리닌은 시엘이 카치카의 부상을 말끔하게 회복시키는 신기한 장면을 목격했다. 리닌의 눈이 반짝였다.

"어서 그 능력을 펼쳐 주세요."

"잠깐만 기다려 봐. 정신을 집중해야 돼."

시엘은 사실 하루에 한 번만 그 능력을 무리 없이 펼칠 수 있다. 그것도 충분한 휴식을 취했을 경우에 한해서 말이다.

그도 그 사실을 잘 알고 있었지만 리닌을 실망시키고 싶지 않았기에 이를 악물었다.

'확실히 지금 그걸 펼치긴 무리야. 하지만 뭐 한 번쯤 무리해도 괜찮겠지.'

곧바로 시엘은 양손에 정신을 집중했다. 보통 때라면 약간만 집중해도 손에 치유의 빛이 일어나야 정상이지만, 지금은 한참 동안 기를 쓰고 나서야 간신히 성공할 수 있었다.

번쩍!

그의 양손에서 환한 빛이 일어났다.

'됐어. 지금이야.'

시엘은 어렵게 모은 치유의 기운이 흩어지기 전에 그것을 헤나의 상처 부위들에 쏟아 냈다.

화악! 화아아악—

순간 헤나의 상처들이 지혈됨과 동시에 빠르게 아물기 시작했다. 놀랍게도 그 환한 치유의 기운은 피로 얼룩진 헤나의 피부까지 말끔하게 만들어 주었다.

"와아! 멋져요."

리닌이 탄성을 질렀다. 시엘은 흐뭇한 미소를 지었지만, 그의 눈은 이미 풀려 있었다. 안색은 파리해졌고 눈두덩 주위는 시커먼 멍이 진 것처럼 변했다.

'으……! 역시 아직은 무리였어.'

충분한 회복 시간을 두지 않고 치유 능력을 펼친 것에 대한 대가는 역시 혹독했다. 시엘은 머리가 핑핑 도는 듯 어지러웠고, 전신은 부서지는 듯 아팠다.

털썩.

그는 근처의 바위에 등을 기댄 채 앉아 숨을 몰아쉬었다. 리닌이 걱정스러운 표정으로 물었다.

"괜찮아요?"

"물론이지."

"많이 아파 보여요."

리닌의 두 눈에 눈물이 그렁그렁 맺혔다. 시엘이 헤나를 회복시키기 위해 무리를 했다는 것을 충분히 짐작했기 때문이다.

"헤헷! 넌 내가 엘프라는 사실을 잊었니? 엘프들은 아무리 심한 상처를 입어도 숲에서 하룻밤만 자고 나면 낫는다고."

시엘이 씩씩하게 웃으며 말하자 리닌은 그제야 안심한 듯 미소를 지었다.

"그렇군요."

"이제 넌 엄마가 잘 회복됐는지 가서 살펴봐."

"알았어요."

그렇지 않아도 리닌은 헤나가 깨어났는지 궁금해 그쪽을 힐끔거리고 있었다. 곧바로 리닌은 헤나를 향해 달려갔다.

순간 그때까지 애써 미소를 짓고 있던 시엘이 더 이상 버티지 못하고 눈을 감았다.

'으으! 더 이상은 못 참겠다. 좀 쉬어야겠어.'

그는 앉아 있는 그대로 혼절하듯 잠들고 말았다.

"엄마!"

"리닌! 난 괜찮단다."

그사이 헤나가 깨어났고, 그녀는 리닌을 안아 주며 안심시켰다. 그러다 그녀는 시엘이 무리해서 자신을 구해 줬다는 사실을 리닌에게 전해 듣고는 깜짝 놀랐다.

"아, 내가 시엘에게 큰 신세를 졌구나."

"헤헤! 엘프들은 하룻밤 자고 나면 금방 낫는댔어."

"그래도."

"……."

말을 하던 헤나는 문득 자신의 품에서 잠들어 있는 리닌을 발견했다. 그 잠깐 사이 잠들다니. 리닌 역시 피곤에 지쳐 있었던 것이 분명했다.

'리닌, 정말 고생이 많구나.'

헤나는 리닌이 매우 안쓰러웠다. 사악한 칼드 제국에 의해 파리안 왕국이 멸망하지 않았다면 그녀는 물론이고, 리닌 또한 이런 험한 숲에서 몬스터들이나 언데드들에게 쫓기는 고생을 하지 않아도 되었을 것이다.

지금으로서 희망은 크리오스 왕국뿐.

르메스 대륙에서 오직 그곳만이 사악한 칼드 제국의 마수가 미치지 못하는 안전한 곳이었다.

'조금만 참으렴. 엄마가 반드시 널 크리오스 왕국으로 데려다줄게.'

헤나는 이를 악물었다. 그러던 그녀 역시 긴장의 끈이 풀렸는지 리닌을 안은 그대로 잠이 들고 말았다.

그렇게 헤나와 리닌, 그리고 시엘이 모두 혼절하듯 잠들어 있는 모습을 샤크는 물끄러미 지켜보다가 다가와 리닌을 안아 들었다.

"너희들도 하나씩 들고 와라."

"예, 마스터."

카치카들은 힘차게 대답하고는 각각 헤나와 시엘을 안아들고 샤크를 따라왔다.

밤새 좀비들과 실랑이를 벌였음에도 카치카들은 아직 팔팔했다. 다른 건 몰라도 체력 하나만은 타고난 녀석들이었다.

삭! 사악!

계단을 따라 지하로 내려가자 어디선가 빗질 소리가 들렸다. 스켈레톤 워리어 칼둔이 샤크의 명령을 받아 지하에 있는 방들을 깨끗이 청소하고 있었던 것이다.

12개의 방.

마법진을 통해 아래로 내려가면 24개의 방이 또 있지만, 굳이 그곳까지 내려갈 필요는 없을 것이다.

특히 그곳엔 언제 또다시 어둠의 결계가 생겨나 좀비들

이 나타날지 모르니 휴식처로 적당하지는 않았다.

샤크는 12개의 방 중 그나마 가장 깨끗하고 아늑해 보이는 곳들을 골라 리닌과 헤나, 시엘을 눕혀 놓았다.

현재 셋 중에서 시엘의 상태가 가장 나빠 보였지만 그렇다고 걱정할 필요는 없는 듯했다. 시엘에게는 엘프의 신체가 가진 특유의 회복력이 작용하고 있었던 것이다.

'하루 푹 자고 나면 완전히 회복되겠군.'

헤나와 리닌도 마찬가지.

특히 헤나는 시엘이 쏟아 낸 치유의 기운에 사실상 완전히 회복된 상태였다. 지금은 그저 체력이 소진되어 잠들어 있을 뿐이다.

"이제 너희들도 그만 쉬도록 해라."

"예, 마스터."

샤크는 카치카들에게도 휴식 시간을 주었다. 아무리 대단한 체력의 몬스터 노예들이라 한들 휴식도 주지 않고 부려 먹을 수는 없는 일.

그리고 샤크에게는 또 하나의 방침이 있었다.

대상이 누구이든, 그가 일단 자신의 부하 혹은 노예일지라도, 일단 품 안에 들어온 이들은 철저히 챙겨 준다는 것!

당연히 출신 성분 또한 따지지 않는다.

인간이 아니라 엘프, 혹은 마왕이나 마족, 정령, 심지어 몬스터나 언데드일지라도.

물론 대상에 따라 그의 방식이 좀 거친 면이 있긴 했다. 백룡구타술을 펼쳐야 하는 경우도 드물지 않았으니까.

어쨌든 그 모든 과정을 거쳐 그에게 충실한 부하가 되었다면, 아무리 몬스터 노예일망정 그저 소모품으로만 쓰다가 버릴 생각은 없는 것이다.

그럴 생각이었다면 애초에 그냥 죽여 없애버렸으리라.

'내일부터 카치카 녀석들에게도 무공을 가르쳐야겠군.'

이미 전생에서 카치카들에게 무공을 지도해 봤던 샤크는 카치카들이 마공을 매우 빠르게 습득할 뿐 아니라 아주 강력하게 펼칠 수 있다는 사실을 알고 있었다.

물론 이곳 세계의 카치카는 환야의 마물 숲에 있던 카치카들과는 여러모로 차이점이 존재했다.

일단 이곳 카치카들은 보유한 마기나 힘이 적었다. 따라서 전투력도 형편없이 약한 편이었다.

결론적으로, 이곳 르메스 대륙의 카치카들은 마물이라기보다는 오크나 오우거와 같은 몬스터에 가깝다 볼 수 있었다.

대신 장점이 있다면 지능이 훨씬 더 뛰어나다는 것!

가히 인간 못지않은 지능을 가진 터라, 오히려 그런 면으로 따지면 장기적으로 볼 때 훨씬 더 엄청난 잠재력을 지니고 있다고 볼 수 있었다.

보다 상승의 무공을 익힐 수 있을 테니까.

따라서 이런 정황으로 볼 때, 카치카 거구즈와 거트는 상당히 운이 좋은 편이라 할 수 있었다. 아니, 상당히 정도가 아니라 엄청난 행운이자 기연을 얻은 것이나 마찬가지일 것이다.

샤크는 주위를 돌아봤다.

'이곳은 지하라 어두우니 빛을 밝혀두는 게 좋겠어.'

절대자연검식을 통해 어둠과 동화될 수 있는 그와 달리 시엘이나 헤나 등은 잠에서 깨어난 즉시 암흑 속의 공포에 빠지게 될 것이 분명했다.

확! 화악—

곧바로 그의 손에서 환한 빛이 생성되더니 그것이 작은 새들의 형상으로 변해 주변으로 퍼져 나갔다. 그 새들은 각각의 방과 복도, 그리고 계단 곳곳으로 이동해 자리를 잡았다.

지속 시간은 대략 10일.

그때까지 저 새들은 이 지하를 환히 밝혀줄 것이다.

'후후, 마법이 이런 면에서는 아주 편하긴 하지.'

샤크는 라이팅 마법을 변형시켜 펼친 것이다. 전생에서 그는 마탑의 마스터급 마법사가 될 만큼 마법에도 미쳐봤고, 또한 마왕으로서 자연스레 터득한 마법들도 적지 않아, 이런 식의 마법쯤은 장난이나 마찬가지였다.

물론 강력한 마법을 펼치려면 무극지기가 대거 소모되는 터라 앞으로도 상당한 시간이 필요할 것이다.

계속해서 샤크는 폐허 인근을 둘러 꽤 넓은 반경을 두고 '주시자의 눈'이라는 마법을 펼쳐두었다.

주시자의 눈은 투명한 눈알 형상의 발광체로, 전투력은 없지만 마법 공격을 받지 않는 한 부서지거나 사라지지 않는다.

대신 특정 반경 안에 적대적인 존재가 나타나면 그 즉시 샤크에게 그 사실을 알려 줄 것이다.

다만 지속 시간이 3일 정도로 짧아 그 시간이 지나면 다시 펼쳐 줘야 하는 번거로움은 있었다. 물론 앞으로 샤크의 무극지기가 좀 더 쌓이면 지속 시간은 길어질 것이다.

'이제 식량을 좀 구해 볼까?'

보통 이런 일은 부하들에게 시키는 것이 당연하지만 이번은 예외다. 밤새 좀비들과 실랑이를 벌이다 지금 곯아떨어진 카치카들을 깨워 사냥을 해오라고 시킬 만큼 샤크는 매정하지 않았다.

'저기 적당한 녀석이 있군.'

잠시 숲을 돌며 사냥감을 찾던 샤크는 흑색 털의 큼직한 멧돼지 한 마리를 발견하고 미소 지었다.

팍!

"꾸어억!"

백색 빛의 화살이 날아가 멧돼지의 몸을 관통했다. 멧돼지는 몸을 부르르 떨다 이내 축 늘어졌다.

즉사한 것이다.

그런데 특이하게도 그것의 몸을 관통한 화살은 보이지 않았다.

그 이유는 방금 전 날아간 것은 보통의 화살이 아니라 활에서 저절로 형성된 마법 화살이었기 때문이다.

'단궁의 위력이 제법이군.'

방금 전 활을 쏘는 데 그는 무극지기를 조금도 사용하지 않았다. 그런데도 멧돼지를 단번에 관통할 만큼 강력한 화살이 저절로 생성된 것이다.

그러나 이 같은 능력은 하루에 대략 3발 정도만 가능했다.

단궁 스스로 주변의 마나를 흡수해 마법 화살을 생성하는 식이기 때문이다.

그 이후에는 마나가 필요했다. 즉, 샤크의 경우엔 무극지기를 단궁에 주입해야 마법 화살을 날릴 수 있는 것이다.

그래도 하루에 3발 정도를 그 어떤 기운의 소모도 없이 쏠 수 있다니, 그거라도 어디인가.

이제 막 인간이 된 터라 축적된 무극지기의 양이 적은 샤크에게는 아주 유용한 무기가 아닐 수 없었다.

"그나저나 이 녀석을 들고 날라야 하는데 그것도 일이겠군."

바윗덩이를 방불케 하는 육중한 무게의 멧돼지를 맨 힘으로 들고 나르는 것은 지금의 샤크에게는 쉬운 일이 아니었다.

'이럴 때 유용한 마법이?'

대상의 무게를 줄이는 경량화 마법! 바로 그것이다.

무극지기를 아껴야 하는 지금은 일시적인 효력밖에 발휘할 수 없겠지만, 추후 무극지기가 넉넉해지면 특정한 대상의 무게를 영원히 줄여 주는 영구 경량화 마법을 펼칠 수도 있을 것이다.

끙차!

샤크는 멧돼지의 무게를 가볍게 한 후 그것을 어깨에 메고 폐허의 지하로 이동했다.

'좋아. 이제 요리를 해 볼까?'

요리라 해 봤자 별것 없다. 특별한 양념이 없는 지금으로서는 그저 이 먹음직스러운 멧돼지를 통째로 불에 구워 먹는 것이 최선이리라.

그런데 샤크가 미처 멧돼지를 불에 굽기도 전에 카치카거구즈와 거트가 벌떡 일어났다.

"크르? 이 냄새는?"

"킁킁! 어디서 맛 좋은 냄새가……."

멧돼지의 피 냄새가 그들의 후각을 자극한 모양이었다. 그들은 샤크 앞에 큼직한 멧돼지가 놓여 있는 것을 보고는 두 눈을 휘둥그레 떴다. 샤크는 모닥불을 피우며 미소 지었다.

"일어났느냐? 잠시 기다리면 맛있는 요리가 완성될 것이다."

그러자 거구즈와 거트가 바람처럼 달려와 멧돼지 앞에 섰다.

"마스터! 설마 그걸 불에 구우실 생각이십니까?"

"그래야지. 그럼 생으로 먹겠느냐?"

거구즈가 머리를 긁적이며 히죽 웃었다.

"케케! 마스터, 이런 건 불에 구우면 맛이 떨어지지요. 생으로 먹어야 최고입니다."

"맞습니다. 특히 막 잡은 멧돼지의 내장은 생으로 씹어 먹어야 제맛입니다요."

거트는 침을 꿀꺽 삼키기도 했다. 샤크는 인상을 살짝 찌푸렸다.

"너희들이야 그렇겠지만 인간들은 그렇지 않다."

"그럼 저희에게 맡겨 주시면 맛있는 부위를 골라 불에 굽고, 나머지는 알아서 처리하겠습니다."

"좋아. 너희들에게 맡겨 보지."

샤크는 흔쾌히 수락했다. 그러자 거구즈와 거트는 바쁘게 움직이기 시작했다. 그들은 각각 칼을 꺼내 아주 능숙한 솜씨로 멧돼지의 가죽을 벗기고 피와 살, 뼈와 내장 등을 분리했다.

짭짭! 후르릅!

그런 와중에도 그들은 간혹 내장을 게걸스럽게 집어삼키곤 했다.

"맛있냐?"

"크흐흐, 맛있습니다."

"최고입니다, 케케!"

샤크는 픽 웃었다.

"일단 먹어라. 고기 손질은 실컷 먹은 후에 하도록 해."

"예, 마스터."

카치카들은 사양하지 않았다. 샤크가 실컷 먹으라는 말에 정말로 미친 듯이 내장을 집어삼키기 시작했다.

짭짭! 우걱우걱!

냠냠! 후르릅—

인간들은 거의 먹지 않는 내장 부위지만 카치카들에게는 최고의 먹을거리인 듯했다.

그렇게 배가 어느 정도 차자 그들은 살코기를 일정한 크기로 잘라 한쪽에 쌓았다. 어디 가서 푸줏간을 해도 좋을 만큼 빠르고 능숙한 솜씨들에 샤크는 내심 감탄했다.

'후후, 저 정도면 한동안 고기는 질리도록 먹을 수 있겠군.'

오늘은 운이 좋아 멧돼지를 쉽게 발견할 수 있었지만 앞으로도 그럴 것이란 보장은 없다. 따라서 오늘 먹을 만큼만 따로 빼놓은 후 나머지는 상하지 않도록 특별한 조치를 해두어야 할 것이다.

'현상 보존 마법이 이럴 때 쓰라고 있는 것이겠지.'

이런 경우 가장 손쉽게 펼칠 수 있는 마법은 냉기를 통해 대상을 얼려 놓는 것이다. 그것은 굳이 마법이 아니더라도 무공을 통해서도 손쉽게 가능한 일이었다.

그러나 그렇게 냉동된 고기는 상하지만 않을 뿐 해동시켜 먹을 때 맛이 대폭 떨어진다는 단점이 있었다.

반면에 현상 보존 마법은 자연 상태 그대로 마치 아공간에 보관되는 듯한 신비한 효력이 있었다. 그만큼 난해한 마법이었지만, 샤크에게야 매우 간단한 일이었다.

지글 지글.

잠시 후 거구즈는 모닥불에 고기를 굽기 시작했다. 그들은 이미 충분히 배가 불러 더 이상 먹을 필요가 없었지만, 샤크와 헤나 등이 먹을 수 있게 고기를 구워 놓기로 한 것이다.

그렇게 고기가 익기 시작하자 그 냄새가 지하 가득 퍼져 나갔다. 각각의 방에서 세상모르게 곯아떨어져 있던 헤나와 리닌은 두 눈을 번쩍 떴다.

"아, 이 냄새는?"

"고기 냄새다!"

식욕을 자극하는 살인적인 향기! 시엘 또한 두 눈을 뜨고 일어나 주위를 두리번거렸다.

그들은 흡사 뭔가에 빙의라도 된 듯 각자의 방에서 나와 고기가 익어 가는 모닥불 앞으로 걸어왔다. 냄새를 따라온 것이다. 그러다 카치카들이 고기를 굽는 모습을 보고 멍한 표정을 지었다.

순간 샤크가 미소 지었다.

"일어들 났느냐? 허기가 질 테니 실컷 먹어라."

그러나 그가 그 말을 미처 마치기도 전에 그들은 이미 자리를 잡고 앉아 있었다.

"앗, 뜨거."

리닌이 노릇노릇하게 구워진 고기를 집어 들다 놀라 그것을 내려놓자 카치카 거트가 작은 나무 꼬챙이에 고기를 꿰어 주었다.

"옜다! 이렇게 먹으면 안 뜨거울 거다."

"헤헤! 고마워요, 카치카 아저씨."

리닌이 꼬챙이를 받아 들고 환하게 웃자 거트도 멋쩍게 웃었다.

"케켓! 고기는 많이 있으니 얼마든지 먹어라. 헤나, 당신도 먹어 봐요."

거트는 헤나에게도 꼬챙이를 내밀었다. 헤나는 그것을 받아 들고는 나직하게 말했다.

"고마워."

어쩌다 카치카가 주는 고기를 먹으며 고맙다는 말을 하게 된 것일까? 헤나는 이 상황이 정말로 황당했다.

인간과 몬스터가 사이좋게 마주 앉아 고기를 먹는다?

사실 이런 일은 있을 수 없는 일이다. 그녀로서는 상상도 못 해봤던 일일 뿐 아니라, 솔직히 있어서도 안 되는 일인 것이다.

그러나 이 모든 상황이 너무 자연스러웠다. 더욱 놀라운 것은 다른 카치카들이라면 이가 갈리게 증오스럽지만 이 앞에서 고기를 부지런히 굽고 있는 두 카치카들은 그다지 밉지 않다는 것.

오히려 알 수 없는 친숙한 분위기가 느껴지고 있으니 그녀 스스로도 당혹스러웠던 것이다. 밤사이 좀비들을 상대로 함께 싸우며 어떤 동질감이라도 형성된 것일까?

"에헷! 고기다. 고기……."

한편 시엘은 꼬챙이 따위는 필요 없다는 듯 맨손으로 고기를 들어 입에 넣었다.

우걱우걱! 짭짭!

고기를 씹는 순간 다크 서클 사이로 죽어 있던 그의 눈빛이 살아나기 시작했다.

"후후, 맛있다. 맛있어."

볼이 미어져라 고기를 씹는 그를 향해 거구즈가 불쑥 물었다.

"시엘, 넌 엘프인데도 고기를 먹느냐? 듣기로 엘프들은 나무 열매와 이슬만 먹는다던데 말이야."

그러자 헤나와 리닌도 고기를 씹다 말고 시엘을 물끄러미 쳐다봤다. 그녀들도 엘프는 육식을 하지 않는다고 들었던 것이다.

시엘은 픽 웃더니 입 속에 또 한 점의 고기를 털어놓고 말했다.

"쩝쩝! 다 꾸며낸 얘기야. 엘프도 때론 고기를 먹는다고. 세상에 나무 열매와 이슬만 먹고 어떻게 살아? 냠! 이거 진짜 고기 맛 죽이는걸."

그러자 거구즈가 고개를 끄덕이며 말했다.

"케켓! 어쩌 씹는 모습이 예사롭지 않다 했다. 고기 한두 번 먹어 본 솜씨가 아니었어."

"그래도 너희들처럼 생으로 먹진 않지. 특히 내장 같은 건 아주 혐오해."

"멍청한 녀석! 이 맛있는 내장을 왜 혐오한단 말이냐?"

그 말과 함께 거구즈는 옆에 있던 내장을 들어 우적우적

씹었다. 시엘은 인상을 쓰며 고개를 돌렸다.

"으웩! 제발 좀 치워. 고기 맛 떨어져서 못 먹겠네. 쩝쩝!"

그 말을 하면서도 그의 입은 열심히 움직이고 있었다. 전혀 고기 맛 떨어진 기색이 아니었다.

헤나와 리닌도 마찬가지.

그들은 카치카가 내장을 씹어 먹는 모습을 보면서도 고기 씹는 것을 멈추지 않았다.

Chapter 6

세상 모든 것이 다 나의 취미이다

샤크 또한 실컷 포식했다. 그가 마왕이었을 때는 사실 익힌 고기가 그다지 맛있다는 생각을 하지 않았는데, 확실히 인간으로 태어나니 입맛부터 달랐다.

'역시 먹는 재미가 아주 쏠쏠하군.'

인간으로 사는 재미 중 으뜸이라 할 수 있는 것이 바로 먹는 것이리라.

물론 하루에 적게는 두 번, 많게는 세 번 이상 챙겨 먹어야 하는 것이 다소 귀찮기도 하다. 그러나 반대로 생각해 보면 그만큼 먹는 재미를 즐길 수 있는 시간이 많다는 것을 의미한다.

따라서 그냥 배가 고프니 먹는다, 혹은 죽지 않으려면 먹는다, 라는 생각보다는 그 시간들을 최대한 즐겨 보겠다는 것이 샤크의 생각이었다.

그러면 비록 잠깐이지만 인간으로 사는 동안은 매우 행복할 수 있을 테니까.

물론 먹는 것 외에도 즐길 거리는 무수히 많다. 그런 것들까지 따져 보면 인간이야말로 죽는 그 순간까지 행복할 수밖에 없는 존재이며, 도저히 불행할 수 없는 존재일 것이다.

도처에 흥미진진한 것들이 널려 있고, 행복감을 느낄 만한 것들이 산재해 있으니 말이다.

그런데 과연 그럴까?

당연히 아니다.

어디까지나 그것은 초월자의 관점에서 무척이나 편파적으로 바라본 인간의 삶일 뿐이다.

실상으로 따져 보면 하루 세 번은커녕 한 번도 제대로 먹지 못할 만큼 빈궁한 인간들이 허다하다. 굶주려 죽어 가는 이들에게 뭔가를 먹어야 하는 것은 즐길 거리가 아닌 끔찍한 저주일 뿐이다.

차라리 아무것도 먹지 않아도 된다면, 적어도 먹는 것 때문에 불행함을 느끼지는 않을 텐데.

그뿐인가?

극소수의 행운아들을 제외한다면 각자가 태어난 환경에 따라 생존을 위해 죽을 고생을 다해야 한다. 먹는 것뿐만 아니라 허름한 옷이나 초라한 집 한 칸이라도 거저 주어지는 것이 없기 때문이다.

특히 이곳 르메스 대륙처럼 사악한 황제가 폭정을 하는 곳이라면 힘없는 보통의 인간들에게는 하루하루가 고되고 버거울 것이다.

샤크 또한 그러한 사실을 잘 안다. 그는 무림의 협사 노릇도 해 봤고 환야에서는 마왕 노릇도 해 보며 온갖 일들을 경험해 보았으니까.

즉, 그는 보통의 인간이라면 죽을힘을 다해도 인생에서 지속적으로 행복감을 느끼며 살기란 그리 쉽지 않다는 사실을 누구보다 잘 알고 있는 것이다.

그러나 그는 이제 초월자로서의 인간이기에 보통의 인간과 달리 인간이 가질 수 있는 최상의 것들을 누리며 살 수 있는 능력을 갖추었다.

그는 그야말로 특별한 인간으로서의 삶을 살 수 있는 유일한 존재였다.

그래서 그는 당연히 그런 특별한 존재로서의 삶을 살아갈 생각이었다.

'인간으로 해 보고 싶은 것은 다 해 볼 것이다.'

모든 차원력을 회복해 환야로 돌아가는 그 날까지!

맛있는 음식을 먹으며 즐거움을 누리는 건 당연한 일이고, 그 밖의 많은 것에서 즐거움을 느껴 볼 것이다.

가능하면 예전처럼 과격하게 살지는 않겠다는 것이 그가 세운 새로운 방침이었다.

좀 부드럽게 살자.

백룡구타술도 가능하면 자제하자.

인간들과 더불어 정말로 사람 냄새나는 삶을 좀 살아보자는 것!

그것이 그가 이번 생에서 세운 방침이자 바람이었다.

그런데 그의 성격상 과연 이곳 세계의 불행을 모른 척할 수 있을까?

칼드 제국의 황제와 드래곤들이 사악한 짓을 일삼고 있는데 과연 그것을 좌시할 수 있을까?

물론 아니었다.

샤크는 의미심장한 미소를 지었다.

'그놈들을 손봐줄 녀석은 따로 있으니, 내가 굳이 고민

할 필요는 없다.'

그렇다. 그에겐 아주 믿음직한 집행인이 존재하지 않은
가.

어둠 속에서 무서운 속도로 강해지고 있는 그의 분신과
같은 존재!

바로 좀비 흑룡이었다.

궂은일은 흑룡에게 맡기고 샤크는 좋은 일만 하면서 살
생각이었다.

'뭐 명단 정도는 내가 작성해 주도록 하지.'

그는 틈틈이 르메스 대륙의 문제아 명단을 작성해 두기
로 했다. 황제 베네트 3세와 그를 따르는 드래곤들이 제법
포악하고 괘씸한 행동을 하고 있다 하니 일단 문제아 명단
에 모두 집어넣었다.

물론 그들을 손봐주는 일은 흑룡의 임무였다.

그런데 과연 그것이 흑룡의 능력으로 가능한 것일까?

아무리 무섭게 강해지고 있다지만 상대가 드래곤들인데
말이다. 혹은 마왕이 있을지도 모른다.

당연히 가능하다.

흑룡은 현재 샤크가 강해지는 속도보다 가히 수십 배는
더 빠르게 강해지고 있었으니까.

이대로라면 흑룡이 웬만한 마왕보다 강해지는 것은 시간 문제였다.

따라서 샤크는 그 일을 전적으로 흑룡에게 맡겨두기로 했다. 이곳 르메스 대륙에서 흑룡이 해결하지 못할 문제는 없을 테니 말이다.

물론 희박하지만 흑룡이 도저히 감당 못 할 존재가 나타날 가능성도 있었다.

이를테면 일루전과 같은 초월적인 절대악들이 존재한다면?

'……'

그땐 어쩔 수 없이 샤크가 방침을 바꿔야 할 것이다. 흑룡은 태생적 한계로 인해 초월자의 경지에 이를 수 없기 때문이다.

'쓸데없는 고민이겠지.'

샤크는 피식 웃으며 고개를 흔들었다.

'기우일 뿐이다.'

초월자들은 결코 흔한 존재들이 아니다. 우연히 떨어진 이곳 세계에 그런 대단한 초월자들이 또 존재할 리는 없을 것이다.

으적! 냠냠!

'그나저나 이 고기는 정말 맛있군.'

생각을 정리하는 와중에도 샤크는 카치카들이 구워 놓은 고기를 집어 먹는 것을 잊지 않았다.

그 이유는 배가 고파서라기보다 맛있어서였다.

그만큼 카치카들의 고기 굽는 솜씨는 훌륭했다. 그것은 그들이 고기를 날로만 먹지 않고 구워 먹기도 했다는 것을 의미했다. 그렇지 않다면 고기를 이토록 먹기 적당하게 구워 놓기란 불가능한 일이니까.

그러고 보니 이상한 일이 아닌가?

인간을 잡아먹기도 하는 포악한 몬스터들인 카치카들이 불을 사용해 고기를 구워 먹는다니!

샤크는 거구즈를 보며 불쑥 물었다.

"거구즈, 너 어디서 고기 좀 많이 구워본 것 같구나."

"케케! 그렇습니다, 마스터. 저는 본래 펠라드 대륙에 살고 있었지요."

"펠라드 대륙?"

"예, 그곳은 이곳 르메스 대륙과 달리 카치카들이 문명의 중심이 되어 있는 곳입니다. 거기서 인간이나 엘프 등은 거의 찾아보기 힘든 희귀한 종족이었습니다."

거구즈는 자신의 출신 대륙에 대한 말을 했다. 그것은 샤크도 처음 듣는 얘기였다.

"생각해 보면 펠라드 대륙에 있을 때는 저도 이렇게 고기를 구워 먹는 것이 보통이고, 웬만하면 날것으로 먹지 않았습니다."

거구즈는 말을 이었다.

"그땐 당연히 인간을 잡아먹는다든가 하는 생각은 해본 적도 없었습니다. 인간들은 엘프들 못지않게 현명한 존재들이었고, 우리 카치카들은 그들에게 배울 것이 많았습니다. 고대부터 검술이나 마법을 비롯해 집을 건축하는 방법, 각종 도구를 만드는 방법도 모두 인간들에게 배웠다고 들었습니다."

그것은 매우 흥미로운 얘기였다. 카치카들이 본래 인간들을 잡아먹지 않았을 뿐 아니라 그들을 스승과 같은 존재로 대하고 있었다니.

그런데 어쩌다 지금은 이토록 흉포한 존재가 된 것일까? 샤크는 거구즈의 말이 어디서 지어낸 것이 아니라면 분명 그에 대한 사정이 있을 것이라 짐작했다.

그때 옆에서 듣고 있던 거트가 입을 열었다.

"케켓! 전설에 의하면 우리 카치카들은 본래 인간이었는데 사악한 존재의 저주를 받아 카치카로 변했다고 했습니다요. 워낙 황당무계한 얘기라 믿지는 않지만, 어쨌든 저도 인간들을 동경하면 했지, 인간들을 증오해 본 적은 없었지요."

"그런데 왜 지금은 인간을 증오하게 됐느냐?"

그러자 거트는 머리를 긁적였다.

"그게, 그걸 모르겠습니다요."

거구즈도 동조했다.

"저도 그렇습니다. 본래 인간을 먹겠다는 생각은 해 본 적도 없는데 왜 이렇게 변했는지 도통 모르겠습니다."

"흠."

순간 샤크는 거구즈와 거트를 담담히 쏘아봤다. 확실히 뭔가가 이상한 느낌이 들었던 것이다.

'그러고 보니 저 녀석들의 홍채에 알 수 없는 이질적인 기운이 서려 있군.'

그것은 곧 카치카들의 정신에 뭔가가 영향을 미치고 있음을 의미했다.

'저주가 분명해.'

본래의 그였다면 그들을 처음 보는 순간 단번에 그 사실을 알아챘을 것이다. 그러나 지금은 인간으로서의 육체가 가진 기감(氣感)의 한계로 인해 그것을 알아보지 못했다.

지금도 마찬가지.

저주의 기운은 매우 강력함과 동시에 고도의 방법으로 은폐되어 있어 현재 샤크가 가진 무극지기를 모두 쏟아붓는다 해도 그것의 정체를 밝혀낼 수 없었다. 당연히 저주의 해제도 불가능했다.

물론 어차피 그것을 알아내는 건 시간문제다.

조만간 그는 만상무극심법을 통해 첫 번째 환골탈태를 이룰 것이다. 그땐 카치카들에게 걸린 저주의 정체를 밝혀내는 것은 물론이고, 그것을 해제할 수도 있게 될 터.

그렇게 잠시 생각에 잠겨 있던 샤크가 거구즈 등을 바라보며 물었다.

"그보다 너희들은 어떻게 해서 이곳 대륙으로 들어온 것이냐?"

환야에서는 대륙이 바다와 구분되는 육지를 의미하는 것이 아니라, 하나의 소세계를 의미한다.

이곳 또한 그런 식이라면, 거구즈와 거트가 본래 살고 있던 펠라드 대륙은 르메스 대륙과는 구분되는 다른 소세계일 가능성이 높은 것이다.

아니나 다를까, 거구즈가 돌연 손을 들어 자신의 머리를 탁 치며 말했다.

"오! 그러고 보니 그때부터였던 것 같습니다, 마스터."

"그때라니?"

"펠라드 대륙에 어느 날 이상한 문들이 생겨났습니다. 온갖 신기한 빛으로 가득 찬 그 문들은 저를 비롯한 모든 카치카들의 호기심을 자극했지요."

순간 샤크의 두 눈에 이채가 일었다.

'문이라. 포탈이 생성된 것이 분명하겠군.'

그는 곧바로 물었다.

"그러니까 너희들은 그 문을 통해 이곳 르메스 대륙에 왔고, 그 후부터는 예전과 달리 심성이 포악해졌다는 것이냐?"

"예, 마스터."

"그때 이곳으로 온 우리를 기다리고 있던 자가 바로 드래곤 루켈다스 님이었지요."

그들의 답변을 듣자 샤크의 입가에 냉소가 맺혔다.

'대충 어찌 되지 알겠군.'

드래곤 때문이리라. 카치카들의 심성이 포악해진 배경에는 드래곤들이 있는 것이다.

그들이 바로 펠라드 대륙에 이곳 르메스 대륙으로 통하는 포탈 마법진을 만들어 카치카들을 대거 이동시킨 주범들인 것이다.

'드래곤들은 무슨 목적으로 그런 일을 벌인 건가?'

필시 무슨 사정이 있었을 것이다. 그러나 그 사정이 아무리 절실하다 한들 그들이 카치카들을 이용해 이곳 르메스 대륙에 벌인 일은 결코 용서받기 힘들었다.

'설마 한낱 유희 때문에 그따위 짓을 벌인 건 아니겠지.'

인간들로서는 이해할 수 없겠지만, 드래곤들이나 마왕 혹은 초월자들이 어떤 일을 벌이는 데 있어서 유희라는 것은 매우 큰 의미가 있었다.

다른 이유는 필요 없다.

그냥 유희로서 즐기기 위해서다.

마치 인간들이 술을 마시거나 혹은 노래를 부르는 것과 다를 바 없었다. 즉, 인간들이 음주 가무를 통해 유희를 즐기듯 드래곤 등도 그들만의 방식으로 유희를 즐기는 것이다.

문제는 유희를 빌미로 인간들에게 재앙을 주거나 심지어 멸망을 시키는 경우가 적지 않다는 것!

마왕들은 거의 대부분 그런 편이고, 간혹 드래곤들 또한 그런 이들이 있다 했다. 가장 악독했던 것은 환야의 초월자들이었지만 말이다.

다만 지금은 모든 것이 추측일 뿐이다.

하지만 만에 하나 드래곤들이 유희로 그와 같은 일을 벌인 것임이 밝혀진다면, 그들은 그에 대한 처절한 대가를 치르게 될 것이다.

샤크의 두 눈에서 일순 섬뜩한 빛이 일었다 사라졌다.

'그 일은 이제 그만 생각하자.'

어차피 모든 문제는 해결될 것이다.

흑룡이 있으니까.

그보다 지금의 샤크에겐 카치카들이 구워 놓은 맛 좋은 고기를 먹는 것이 더 중요했다.

"청소를 마쳤습니다, 로드."

그때 거친 쇳소리와 같은 음성을 발하며 모닥불을 향해 다가오는 이가 있었으니.

처벅. 처벅.

시커먼 망토를 뒤집어쓴 정체불명의 괴한.

망토에 가려진 시커먼 음영 속에서 시뻘건 두 개의 빛이 번뜩였다.

그를 본 헤나의 안색이 굳어졌다.

"저건 설마?"

시엘은 놀라 외쳤다.

"헉! 언데드?"

그 말에 리닌도 두 눈을 휘둥그레 떴다. 카치카들도 입을 쩍 벌렸다.

"스켈레톤이다!"

"보통 놈이 아니야."

망토로 가려져 있지만 어찌 그것의 정체를 몰라보겠는가. 그만큼 그것의 전신에서 음습한 한기가 피어나고 있었던 것이다.

음영 속에서 빛나는 붉은빛들의 정체가 바로 스켈레톤의 동공이라는 사실도 모두들 짐작했다.

"리닌, 저쪽으로 가 있어."

헤나가 긴장한 표정으로 대검을 쥐어 들었고, 카치카들도 다급히 옆에 놓아둔 도끼들을 향해 손을 이동시켰다.

그만큼 지금 나타난 스켈레톤은 그들에게 위협적이었기 때문이다.

그런데 그때 샤크가 손을 휘저으며 말했다.

"칼둔은 나의 부하니 경계할 것 없다."

그 말에 헤나 등은 황당해하는 표정을 지었다.

"부하라고? 저 언데드가?"

"케엑! 정말로 저놈이 마스터의 부하입니까요?"

"그렇다. 그러니 걱정 말고 다들 앉아서 고기나 먹도록 해라."

샤크는 태연히 웃고는 양 볼이 터져라 고기를 씹어 댔다.

우걱우걱. 짭짭!

그런 그를 헤나는 꺼림칙해하는 눈빛으로 바라봤다.

"그러고 보니 샤크 너 네크로맨서였니?"

네크로맨서는 죽은 시체를 언데드로 부활시켜 끌고 다니는 흑마법사의 일종이다. 샤크가 스켈레톤을 부하로 만들었다는 것은 그가 곧 네크로맨서임을 의미하는 것이었다.

적어도 헤나가 아는 상식에서는 그랬다.

카치카들 역시 마찬가지. 그들은 자신들의 마스터인 샤크가 네크로맨서라 확신했다. 시엘 또한 그렇게 생각했는지 어색한 표정으로 샤크를 쳐다봤다.

"헷! 마스터께서 흑마법사인 줄은 몰랐습니다."

샤크는 픽 웃었다.

"흑마법을 사용한다고 해서 꼭 흑마법사라고 불리는 건 아니다. 내겐 그저 다양한 취미가 있을 뿐이야."

"취미라고요?"

"물론이다. 흑마법은 내가 가진 수많은 취미 중의 하나일 뿐이지. 따져 보면 흔히 말하는 백마법이라는 것도 나의 취미이며, 검술이나 궁술, 소환술, 권법을 비롯해 세상에 존재하는 모든 무공이나 마법이 나의 취미에 속한다. 또한 요리나 조련, 공예, 건축, 연주, 제조에 관한 것들도 나의 관심거리이자 취미라 할 수 있겠군. 그 밖에도 말로 다할 수 없을 뿐, 나의 취미는 무수히 많다."

"……."

그 말에 시엘뿐 아니라 헤나 등도 어이없어하는 표정을 지었다. 샤크의 말대로라면 그에게 관심거리이자 취미가 아닌 것은 없었기 때문이다.

어떻게 세상 모든 것이 다 그의 관심이자 취미일 수 있다는 말인가?

'믿을 수 없어.'

'말도 안 되는 소리야.'

차마 대놓고 반박할 수는 없는 터라 시엘 등은 속으로 생각했다.

하긴 그 말을 그대로 받아들인다면 그것이야말로 이상하다 할 수 있을 것이다.

인간이 무슨 신도 아니고, 어떻게 그 많은 분야를 다 취미로 가진다는 말인가?

그들이 믿거나 말거나 샤크는 고기를 먹는 데 집중했다. 그사이 칼둔은 그의 뒤쪽에 호위무사처럼 시립해 있었다.

그때 리닌이 활짝 웃으며 다가와 말했다.

"나도 그렇게 많은 취미를 가졌으면 좋겠어요."

리닌은 샤크의 말을 별달리 의심하지 않았다.

샤크의 취미가 수만 가지나 된다 한들 그것이 이상하게 느껴지지 않았기 때문이다.

엄밀히 말하면 그런 게 말도 안 된다고 생각할 만큼 리닌은 성숙한 사고를 가지지 못했다. 아직 6살의 어린아이다 보니 그냥 액면 그대로 샤크의 말을 받아들인 것이다.

그러나 리닌의 그런 태도가 샤크를 흡족게 했다. 이유가 어떻든 일행 중에서 리닌만이 유일하게 샤크의 말을 의심 없이 받아들였으니까.

"뭐든 네가 하고 싶은 걸 하나씩 파고들다 보면 취미는 저절로 생긴단다. 그러다 너도 나이가 들면 나처럼 많은 취미를 갖게 될 것이다."

"그렇군요."

리닌은 고개를 끄덕이며 스켈레톤 칼둔을 힐끔거렸다. 샤크는 미소 지었다.

"리닌, 너도 한 번 칼둔을 불러 보겠느냐?"

"그래도 돼요?"

"물론이다."

언데드 스켈레톤을 불러 보겠느냐는 말에 리닌은 겁을 먹은 표정이었지만 한편으로 다시 호기심 어린 눈빛을 보냈다.

"이름이 뭐죠?"

"칼둔이라고 한다. 이후로 네 말을 잘 듣도록 해 둘 테니 그에게 도움이 필요하면 언제든 말하도록 해라."

"정말이세요?"

"후후, 물론이다."

샤크는 고개를 끄덕이고는 칼둔을 슥 쳐다봤다. 순간 칼둔의 두 눈에서 붉은 광채가 번쩍였다 사라졌다.

그때 리닌이 칼둔을 바라보며 외쳤다.

"칼둔!"

"아이여! 네가 나를 불렀느냐……?"

칼둔의 거친 음성에 리닌은 흠칫 놀랐지만, 이내 그가 자신의 말에 대답을 해 주자 가슴이 뛰었다.

"나는 아이가 아니라 리닌이라고 해요."

"리…… 닌?"

"맞아요."

리닌이 고개를 끄덕이자 칼둔도 고개를 끄덕였다.

"크크, 좋아. 그 이름을 기억하겠다, 리닌……. 너는 로

드께서 지정한 나의 또 다른 주인……. 이후로 너는 내게
어떤 부탁이라도 할 수 있다……."

"그렇군요."

저 살벌하게 생긴 언데드 스켈레톤이 자신을 주인으로
생각하고 있다는 말에 리닌은 무섭다기보다 신이 났다. 든
든한 호위 무사가 생긴 것 같은 생각에서였다.

한편 헤나는 매우 꺼림칙해하는 표정으로 리닌의 손을
잡아끌었다.

"위험하니 이쪽으로 오렴, 리닌. 그리고 언데드와 함부
로 말을 해서는 안 돼."

"괜찮아요, 엄마, 칼둔은 매우 착한 언데드라고요."

"그래도 안 돼. 엄마 말 들어. 알았지?"

"예."

헤나가 정색을 하고 쳐다보자 리닌은 어쩔 수 없다는 듯
이내 시무룩해하는 표정으로 고개를 끄덕였다.

"……."

그런 리닌을 칼둔은 가만히 바라볼 뿐 별다른 말이 없었
다. 그저 텅 빈 동공에서 붉은빛이 번쩍이고만 있어 그가
무슨 생각을 하고 있는지 알 수 없었다.

샤크는 빙그레 웃었다.

'헤나에겐 당연한 일이겠지.'

그는 리닌에게 선물도 줄 겸 칼둔을 호위 무사로 붙여주
긴 했지만 헤나의 입장 또한 충분히 이해할 만했다. 세상에
어떤 엄마가 딸이 언데드와 친해지는 것을 보고 가만있겠
는가.

다만 헤나가 원하건 원치 않건 이후로 칼둔은 리닌을 보
호할 것이다.

그것은 샤크가 리닌을 배려한 것도 있지만 동시에 그 스
스로도 좀 편해지기 위해서였다.

현재 샤크의 일행 중 위기 상황에서 자신을 보호할 능력
이 없는 이는 리닌뿐.

특히 아직 샤크의 능력이 상당히 제한되어 있어 유사시
그가 리닌을 보호해 줄 수 없는 지경에 처할 수도 있었다.

그래서 충직한 부하 칼둔에게 그 일을 명령한 것이다.

이후로 칼둔은 샤크가 그 명령을 철회하기 전까지 리닌
의 머리카락 하나 다치지 않도록 철저히 보호할 것이다.

지금은 어둠 속에서.

이후로는 환한 빛 속에서도 그는 리닌의 든든한 그림자
가 되어 줄 것이다.

'흠……!'

그러던 샤크가 돌연 인상을 살짝 찌푸렸다. 폐허 주위를 빙 둘러 그가 펼쳐 둔 주시자의 눈들이 그에게 경고 신호를 보내왔기 때문이다.

'이곳에 누가 오고 있는 건가?'

곧바로 샤크는 왼쪽 눈을 감았다. 순간 그의 눈꺼풀에 막힌 그의 왼쪽 눈으로 외부 숲의 전경이 펼쳐졌다.

그것은 물론 주시자의 눈들이 보고 있는 시야를 그가 공유하게 된 것으로, 지금 보이는 것은 폐허 주변의 모습이었다.

'이런! 카치카들이 대거 몰려오고 있군.'

중무장한 상태로 행군을 하고 있는 카치카들은 언뜻 봐도 수백이 넘어 보였다.

그리고 단순히 숫자만 많은 것이 아니었다.

카치카들 중 덩치가 다른 녀석들보다 배가 되는 거대한 녀석이 하나 보였는데, 그것의 기세가 만만치 않아 보였다.

'자이언트 카치카!'

딱 봐도 미노타우루스나 오우거에 버금갈 만한 전투력을 지닌 녀석이었다.

그러나 단순히 덩치만 큰 것이 아니었다. 상당한 수련을 한 흔적이 보였던 것이다.

게다가 다른 카치카 병사들의 무장 상태도 훌륭했다. 번쩍이는 무기와 갑주! 게다가 마법사로 보이는 녀석들까지 있었으니.

'모두 움직임에 군더더기가 없군. 훈련을 제대로 받은 녀석들이야.'

아무래도 카치카 군단에서도 최강의 정예가 나타난 것이 틀림없었다.

대체 저들이 왜 이곳을 노리고 오는 것일까?

하긴 샤크에 의해 카치카 수색조가 궤멸당한 사실을 지금쯤 알아냈을지도 모른다. 아무리 그렇다 해도 이 드넓은 숲에서 순식간에 이곳을 찾아내 오고 있다는 건가?

그것은 그만큼 저들의 능력이 대단하다는 것을 의미했다.

'어쨌든 이대로는 승산이 없겠군.'

물론 지하 미궁의 관문들을 통과하며 불가사의한 속도로 강해지고 있는 흑룡이 온다면 충분히 저들을 상대할 수 있을 것이다.

문제는 흑룡이 그곳의 모든 관문을 통과하기 전에는 나오기 힘들다는 것!

따라서 지금 상황에서 흑룡은 아무런 도움을 주지 못한다.

'나 혼자라면 어떤 식으로든 싸울 수 있겠지만.'

무림에서 이보다 더 승산이 없어 보이는 상황에서도 솔하게 승리를 거두었던 그다.

　그러나 그것은 누군가를 보호해야 하는 상황이 아닌, 오직 그 혼자 있을 때여야 했다. 헤나와 리닌 등을 보호해야 하는 지금으로서는 승산 없는 싸움은 피하는 것이 상책이었다.

　"모두 일어나라. 적이 오고 있으니 이곳을 떠난다. 거구즈, 거트! 시엘! 너희들은 고기를 최대한 챙겨라. 칼둔은 돈이 든 자루를 들고 따라와라. 시간이 없으니 빨리 움직여라. 헤나, 리닌! 가자."

　샤크는 벌떡 일어나 외쳤다. 그 말에 헤나 등은 깜짝 놀랐다.

Chapter 7

초신요리법(超身料理法)

"적이라고?"

"정말로 적이 나타났습니까, 마스터?"

방금 전까지 느긋하게 앉아 고기를 먹고 있던 샤크의 입에서 갑자기 적이 나타났으니 피하자는 말이 나오자 그들로서는 어리둥절할 수밖에 없었다.

"자세한 얘기는 나중에. 시체가 되고 싶지 않다면 빨리 움직이는 게 좋을 것이다."

샤크는 벌써 계단을 향해 저만치 걸어가고 있었다. 그러자 거구즈와 거트가 빠른 속도로 고기들을 줄에 묶어 어깨에 들쳐 멨다. 시엘 역시 작은 배낭에 고기 조각들을 최대한 담았다.

헤나 또한 샤크가 시키지 않았지만 배낭에 고기들을 담았다. 쉽게 얻기 힘든 귀한 식량이니 최대한 챙겨 두는 것이 현명했다.

"그 정도면 충분하니 어서 위로 올라가라."

그 말과 함께 샤크가 뭐라고 주문을 외웠다. 순간 어두운 지하 복도를 밝히던 신비한 조명체들이 그의 손으로 빨려들 듯 사라져 버렸다.

그로 인해 모닥불의 빛만 어둑하게 남아 있을 뿐 지하 복도는 순식간에 어두워졌다.

팟—

그러나 샤크가 손짓을 한 순간 모닥불마저 꺼져 버렸고 지하는 암흑으로 화했다. 헤나 등은 할 수 없이 계단을 따라 올라갔다.

"으데드칼너으랄…… 세스랄……!"

그사이에도 샤크는 계속 뭐라고 주문을 외웠다. 일순 바닥이 들썩들썩 움직이더니 세 구의 시체들이 튀어나왔다.

흉측한 몰골의 썩은 시체들!

그것들은 다름 아닌 좀비들이었다.

순간 샤크의 두 눈에서 투명한 빛이 번쩍였다.

화악!

투명한 빛이 좀비들의 몸체를 휘감자 그것들의 몸이 부르르 떨리더니 그대로 모습이 변하기 시작했다.

스스스.

놀랍게도 샤크와 헤나, 리닌의 모습이었다.

'후훗, 내가 봐도 똑같군.'

샤크는 회심의 미소를 지었다. 물론 그는 좀비들을 대상으로 착시 마법을 펼쳐 둔 것이다.

'지속 시간은 짧지만 저 정도면 놈들을 속이는데 충분하겠지.'

샤크가 주시자의 눈으로 살펴본 카치카 마법사들 중에 저 착시 마법을 알아볼 만큼 수준이 높은 녀석들은 없었다.

팟! 화르르—

다시 모닥불이 켜졌다. 순간 샤크와 헤나, 리닌의 모습으로 변한, 물론 엄밀히 말하면 착시 마법의 효과로 인해 그들의 모습으로 보이는 좀비 셋이 모닥불에 둘러앉아 사이좋게 고기를 구워 먹기 시작했다.

"어머! 저럴 수가!"

"이야아! 기막히군요."

계단을 올라가다 멈춰 서 그 장면을 쳐다본 헤나와 시엘

등의 두 눈이 휘둥그레 커졌다. 그들은 샤크가 따로 설명을 해 주지 않았지만, 그가 무슨 의도로 좀비들을 소환해 착시 마법을 펼쳐 둔 건지 짐작할 수 있었다.

"그만들 쳐다보고 나를 따라와라. 계속 거기 있고 싶다 면 말리지는 않겠다만."

언제 올라갔는지 샤크가 계단 위에서 그들을 불렀다. 그의 품에는 리닌이 안겨 있었다. 헤나와 시엘은 황급히 계단을 뛰어 올라갔다.

"지금부터 모두 한동안 뛸 것이다. 참고로 나는 낙오자는 도와주지 않는다. 죽고 싶지 않다면 죽을힘을 다해 뛰는게 좋을 거야."

그 말이 끝나는 순간 샤크는 숲의 한쪽을 향해 빠르게 달리기 시작했다.

"앗, 잠깐!"

"헉! 그렇게 빨리 뛰면……."

샤크의 속도는 바람과 같았다. 그는 뒤도 돌아보지 않고 달렸다. 거구즈와 거트가 허둥지둥 그의 뒤를 따라 달렸고, 헤나와 시엘도 어쩔 수 없다는 듯 달렸다.

"헉! 헉! 너무 빨라."

"으! 이러다 죽겠어요."

그래도 그들은 기를 쓰고 뛰어야 했다. 몬스터들이 득실거리는 이 밤의 숲에서 샤크를 놓치면 곧 죽음을 의미하니까.

신기한 건 이상하게 힘이 넘친다는 것!

무리해서 뛰는데도 쓰러지지 않고 있으니, 이게 대체 어디서 나온 체력일까?

정상적이라면 벌써 지쳐 쓰러졌어야 했다.

그런데 그들이 어찌 알 수 있겠는가?

샤크가 멧돼지를 잡았을 때 무극지기의 기운을 밀어 넣어 특별한 대법을 펼쳐 두었음을 말이다. 그로 인해 헤나 등이 고기를 먹은 이후 체력이 좋아진 상태였다.

'지속 시간은 반 시진 정도. 생각보다 음식의 효력이 쓸 만하군.'

숨을 몰아쉬면서도 낙오되지 않고 용케 따라오는 헤나 등을 보며 샤크는 흡족한 미소를 지었다.

사실 마왕 시절 그가 장난스레 창안해 둔 특수한 대법 중 하나를 펼쳤을 뿐이다.

당시 그것을 초신요리법(超身料理法)이라고 이름 지어 두었는데, 특별한 요리를 통해 신체의 한계를 초월하게 만든다는 의미였다.

엄밀히 말하면 연금술적인 성격도 있어서 단순한 요리법이라기보다는 연금요리법이라 할 수 있었다.

'이름을 바꿔 볼까?'

그러나 다시 생각해 보니 어차피 이름이나 용어는 중요하지 않다.

효과가 중요할 뿐.

'그냥 초신요리법으로 하자.'

초신요리법은 무극지기를 통해 펼칠 수 있지만, 사실 무극지기보다 재료가 가진 특성이 더욱 중요했다.

멧돼지 고기만이 가진 특성!

즉, 샤크의 무극지기가 체력을 올려 주는 효력을 발휘한 것이 아니라, 그것은 멧돼지 고기에 내재된 특성인 것이다. 무극지기는 그러한 특성이 효력을 발휘할 수 있도록 보조해 주는 역할을 하는 것뿐이다.

그러한 특성들은 재료마다 고유하기에, 어떤 재료를 사용하느냐에 따라 요리의 효력은 천차만별이라 할 수 있었다.

생각해 보면 그가 이런 신비한 효력을 지닌 초신요리법을 개발했다 해도 그것을 사용한 적은 없었다. 그런 효력들이 아무리 대단하다 해도 초월자인 그에게 미치는 영향은 거의 없었기 때문이다.

그렇다고 그런 요리들을 만들어 마족이나 마물들에게 나눠줄 만큼 그가 친절하지도 않았다. 그럴 시간도 없었고 말이다.

따라서 창안만 해 두고 잊고 있었는데, 문득 떠올라 한 번 펼쳐 본 것이다.

인간인 그의 육체는 마왕체에 비하면 너무도 연약해 이런 방법까지 동원할 필요가 있었다. 동시에 헤나 등에게 도움을 주고자 하는 의도도 없지 않았다.

그런데 의외로 효과가 좋았다.

'당분간 아주 유용하겠어.'

샤크는 이런 상황이 매우 흥미로웠다. 초월자였다면 별다른 흥미를 느끼지 못했을, 그야말로 하급 잔재주에 불과한 초신요리법이 이토록 중요하게 쓰인다는 것이 얼마나 흥미로운가.

아마도 지금이 아니면 두 번 다시 그가 초신요리법을 펼칠 일은 없을지도 모른다. 무극지기가 좀 더 쌓이면 이보다 더 효율적으로 상황을 타파할 방법이 수두룩하기에, 굳이 이런 번거로운 방법을 사용할 필요가 없다.

'풀에는 물과 바람의 특성이 들어 있지. 그것을 이용하

면 육체의 움직임을 빠르게 만들어 줄 수도 있겠군. 그리고 갈증 해소에도 도움이 될 거야.'

체력뿐 아니라 민첩성도 높여 주면 도주하는 데 상당히 도움이 될 것이다. 게다가 해갈의 효력도 있으니 물을 마시지 않고도 오래 버틸 수 있으리라.

슥슥.

샤크는 리닌을 잠시 내려놓은 후 근처의 풀을 뜯어 양손으로 비벼 가루를 만들었다. 그러고는 그것을 꾹꾹 눌러 수십 개의 환단을 만들었다.

"하나씩 받아라. 갈증이 해결될 테니 즉시 복용하도록 해."

"오! 그렇지 않아도 목이 말랐는데 잘됐군요."

시엘이 반색했다. 헤나와 리닌, 카치카들도 모두 안색이 밝아졌다. 그렇지 않아도 모두들 쉬지 않고 뛰느라 입안이 바싹 말라 있었던 것이다.

환단은 입에 들어가는 순간 눈이 녹듯 액체로 화해 목구멍 속으로 사라졌다.

'갈증이 풀렸어.'

'휴, 이제야 살겠다.'

과연 샤크의 말대로 그들은 갈증이 해결되었다. 샤크 또한 환단을 입에 넣고 새삼 초신요리법의 효력을 확인하며 흐뭇해했다.

'역시 예상대로군.'

갈증이 사라졌을 뿐 아니라 몸도 가벼워진 상태였다. 이 대로라면 좀 전보다 훨씬 빠르게 달릴 수 있을 것이다.

다만 해갈의 지속 시간은 하루 이상 가는 반면, 민첩성 증가의 지속 시간은 고작 이 각 정도일 뿐이었다.

"갈증이 풀렸으면 다시 달린다. 모두 나를 따라와라."

샤크는 다시 달렸고 헤나 등은 그의 뒤를 따라 달렸다.

한편 그때 샤크 일행이 사라진 폐허를 향해 접근하는 무리들이 있었으니.

그들은 다름 아닌 흑색의 갑주로 무장한 카치카 병사들이었다.

"이곳입니다! 이 근처에서 놈들이 언데드들과 치열한 격전을 벌인 흔적들이 다수 발견되었습니다."

"지금 놈들은 어디 있느냐?"

"저쪽에 지하로 통하는 계단이 있습니다. 저 아래 그놈들이 있는 것이 분명합니다."

왼손에 단궁을 든 두 병사가 계단의 입구 양쪽에 서서 크게 외쳤다.

그러자 피처럼 붉은 뿔을 가진 거대한 카치카가 코를 벌름거리더니 고개를 끄덕였다.

"쿵! 이 냄새는? 지금이 어떤 상황인지도 모르고 한가롭게 고기를 구워 먹고 있다는 건가? 내려가서 잡아와라. 감히 어떤 간 큰 놈들이 칼드 제국의 정예 병사들을 건드렸는지 직접 봐야겠다."

"예, 벡쿠스 님."

칼드 제국 제13군단의 천부장급 지휘관 중 하나인 자이언트 카치카 벡쿠스! 웬만한 카치카들 중에 그의 이름을 모르는 이들은 없었다.

마치 악마와 같은 붉은빛을 번뜩이는 뿔에 키는 보통의 카치카들의 두 배였다.

오우거보다도 우람한 근육질의 몸체!

그런 그의 강철 같은 양손에는 거대한 흑색의 미늘창이 쥐어져 있었다.

'그나저나 고작 하찮은 인간 몇 놈 때문에 나 벡쿠스가 직접 나서야 한다니 우습군. 그놈의 명령이니 어쩔 수 없지만. 망할 드래곤 놈 같으니!'

벡쿠스의 직속상관은 다름 아닌 드래곤 루켈다스였다.

'대체 왜 하급 순찰병 몇 놈 죽었다는 것이 그리 심각한 일이란 건가?'

그는 여러모로 불만이 아닐 수 없었다. 그가 누구인가? 칼드 제국의 10만이 넘는 카치카들 중에서 일대일 전투력으로는 스스로가 자인하는 최강자였다.

'카치카들뿐 아니라 칼드 제국 모든 무사들 중에서도 가히 최강이라 부를 수 있는 존재가 바로 나 벡쿠스다.'

물론 그것은 그의 생각일 뿐이다. 남들이 인정하건 말건 말이다. 그가 꽤 강력한 전투력을 지니고 있긴 해도 최강이라 불릴 수는 없겠지만, 그는 그 사실을 인정하지 않았다.

그런데 그토록 자긍심이 강한 그가 사소한 일에 투입되었다. 아무리 자신이 때마침 이곳에서 가까운 곳에 있었다 해도, 그는 루켈다스의 지시에 불만을 품지 않을 수 없었다.

'크크! 공연히 내게 시비를 거는 거냐, 루켈다스!'

보통의 카치카들이라면 드래곤들을 두려워하기 마련이다.

그러나 벡쿠스는 아니었다. 지금은 사정상 어쩔 수 없이 드래곤의 휘하에 있지만, 그는 진심으로 굴복하지 않았다.

그의 두 홍채에서 흑색의 빛이 번뜩이는 순간 그가 쥔 미늘창의 끝에 검붉은 오러의 광채가 생성되었다.

츠캉! 화아아악!

놀랍게도 그것은 드래곤들의 철갑 같은 가죽도 가볍게 뚫어 버린다는, 전설의 오러 블레이드였다.

이럴 수가! 그는 그저 자긍심만 강한 것이 아니라 실력도 강한 것이었던가?

'크큭! 루켈다스! 우리 카치카들이 언제까지 너희 드래곤들의 뒤치다꺼리나 하는 잡졸들로 남아 있으리라 생각한다면 큰 오산이다. 기다려라. 언젠가 이걸로 네놈의 목을 잘라 버릴 테니.'

벡쿠스의 두 눈에서 다시 한 번 흑광이 번뜩였다가 사라졌다. 그사이 그는 본래의 냉혹하면서도 담담한 표정으로 돌아와 폐허의 지하를 내려다보고 있었다.

그의 뒤로는 그의 정예 부하들이 오와 열을 완벽하게 맞춘 채 서 있었는데, 모두 입을 굳게 다물고 있어 마치 그곳에 아무도 존재하지 않은 듯 고요했다.

"……."

잠시 침묵하던 벡쿠스가 돌연 고개를 갸웃했다. 고기를 구워 먹고 있던 인간들을 잡기 위해 아래로 내려갔던 정찰병들이 도무지 돌아올 생각을 하지 않았던 것이다.

"이게 어찌 된 일이냐?"

"제가 가 보겠습니다. 놈들이 뭔가 수작을 부린 모양입니다."

건장한 체격에 날카로워 보이는 눈빛을 가진 카치카 하나가 벡쿠스 앞에 달려와 허리를 꾸벅 숙이며 말했다. 그는 벡쿠스 휘하 백부장 중 하나인 그리바였다.

그때 벡쿠스의 안색이 딱딱하게 굳었다.

'역시나 뭔가 있었다는 건가.'

방금 전 내려간 정찰병들은 모두 십부장급 카치카들로 상당히 날랜 녀석들이었다. 어지간한 인간들에게 쉽사리 당할 만큼 약한 녀석들이 아닌 것이다.

그런데 그들이 후퇴해 상황을 보고할 여유도 없이 사라졌다?

'어떤 녀석이 웅크리고 있는 거냐?'

벡쿠스는 성큼 지하 계단 쪽으로 걸어가며 말했다.

"내가 직접 가 보도록 하겠다. 병사들은 대기시키고 백부장들과 베스터만 따라오너라."

"예."

그의 뒤를 그리바를 비롯한 백부장들, 그리고 마법사 베스터가 뒤따랐다.

"이럴 수가! 모두 사라졌습니다."

계단을 따라 내려오자 모닥불이 타고 있었는데, 근처에 굽다 만 고깃덩이들이 너저분하게 널려 있었다. 방금 전까지 이곳에서 인간들이 고기를 굽고 있던 흔적이 분명했다.

그런데 그들뿐 아니라 카치카 정찰병들까지 사라졌다는 것이 특이했다.

그러자 벡쿠스의 뒤를 묵묵히 따르던 마법사 베스터가 손가락으로 한 방향을 가리키며 말했다.

"저 안쪽 방에서 심상치 않은 마나의 파동이 느껴지는군요. 마법진이 있는 게 분명합니다."

"마법진이라?"

"그렇습니다. 어떤 용도의 마법진인지는 가 봐야 알 수 있을 것 같습니다."

곧바로 그들은 지하에 위치한 여러 개의 방들을 지나쳐 바닥에 마법진이 그려져 있는 방으로 이동했다. 벡쿠스가 미늘창을 들어 바닥을 가리켰다.

"저거냐?"

"예."

"놈들이 저 마법진 속으로 사라졌다는 것이군. 정찰병 녀석들도 함께 말이야."

"아마도 그런 것 같습니다."

베스터는 마법진을 유심히 살피더니 돌연 인상을 찌푸렸다.

'이런 난해한 마법진이 존재하다니, 대체 누가 이런 고도의 마법진을 그려 놓았을까?'

다행히 누군가 이걸 발동시킨 흔적이 남아 있어 마법진의 발동 조건은 어렵지 않게 알아낼 수 있었다. 그렇지 않았다면 베스터의 능력으로는 꽤 골머리를 썩여야 간신히 알아낼 수 있었을 것이다.

"여르캇려으삿……!"

곧바로 베스터는 거무튀튀한 빛깔의 스태프를 앞으로 내밀며 주문을 외웠다. 순간 스태프의 뾰족한 끝에서 남색의 빛이 쏟아져 나가 마법진의 한 곳으로 스며들었다.

츠으으읏!

마법진 전체가 붉게 타오르듯 환하게 반짝였다. 베스터는 긴장한 표정으로 말했다.

"일단 작동은 시켰지만 이것을 통해 어디로 이동하게 될지 알 수 없으니 문제입니다."

"큭! 쓸데없는 고민을 하는구나. 일단 가 보면 어디인지 알게 되겠지."

벡쿠스는 아무런 망설임도 없이 마법진의 중앙으로 걸었다. 그리바를 비롯한 백부장들도 그 즉시 그의 뒤를 따랐다. 베스터 역시 어쩔 수 없다는 듯 합류했다.

화아아악—

순간 다시 마법진에서 붉은빛이 일어나 벡쿠스 등의 몸을 휘감았다. 그리고 잠시 후 그들은 새로운 마법진 위에서 모습을 드러냈다.

널찍한 방 안.

세 구의 좀비가 넘어진 채로 꿈틀거리고 있는 곳 앞에 단궁을 든 두 카치카 정찰병들이 서 있는 모습이 보였다.

"어떻게 된 일이냐?"

벡쿠스가 묻자 정찰병들은 즉각 허리를 숙이며 말했다.

"그게 이놈들을 따라왔더니 이곳으로 이동했습니다."

"인간들인 줄 알았는데 알고 보니 언데드였습니다. 놈들이 거칠게 반항을 해서 일단 제압해 두었습니다."

"무엇이?"

벡쿠스는 어이없어하는 표정을 지었다. 고작 좀비들 따위에게 속았다는 말인가?

그러자 뒤에 있던 마법사 베스터가 의혹이 가득 찬 표정으로 말했다.

"좀비들 뒤에 누군가 있는 게 분명합니다. 한낱 좀비들 따위가 이 마법진을 작동시키기란 불가능한 일입니다. 그리고 이곳은 매우 수상한 곳입니다."

"흠."

벡쿠스는 고개를 끄덕였다. 베스터의 말이 일리가 있었던 것이다.

'루켈다스 놈이 공연히 날 이곳으로 보낸 것이 아니었군. 대체 이곳은 어디인가?'

베스터의 설명이 없었다 할지라도 벡쿠스는 이미 이 정체불명의 지하 공간에 대해 적지 않은 의문을 가진 상태였다.

"이곳을 뒤져봐라. 조금이라도 수상한 것이 있다면 놓치지 말고 보고해라."

"예."

벡쿠스의 부하들은 24개의 방이 서로 연결되어 있다는 것, 그리고 육중한 철문들이 모두 올라가 개방되어 있다는 것 등을 금세 파악해 보고했다.

그러다 벡쿠스는 부하들이 모아온 빈 상자들을 보고 물었다.

"이것들은 뭐냐?"

"확실하진 않지만 왠지 보물 상자 같습니다."

그 말에 벡쿠스의 인상이 구겨졌다. 딱 봐도 보물이 들어 있었던 것이 분명해 보였던 것이다.

"그렇다면 어떤 놈이 이곳의 보물을 모두 챙겼다는 뜻이로군. 여긴 대체 뭐 하는 곳이기에 보물 상자가 있는 거냐?"

옆에 있던 베스터가 눈을 빛내며 말했다.

"추측건대 이곳은 누군가 의도적으로 만들어 놓은 특별한 관문들이었던 것이 분명합니다."

"관문이라?"

"예. 지금은 철문들이 올라가 있지만, 본래는 내려와 있었을 것입니다. 각각의 방을 통과할 때마다 새로운 문이 열리며 보물 상자도 얻을 수 있는 식이랄까요? 흠, 대체 누가 이런 관문을 만들었는지 모르겠군요. 석실의 상태를 보니 아주 고대에 만들어진 것 같습니다만."

이 근처에 폐허가 있고 간혹 언데드들이 출몰한다는 보고는 있었지만, 누구도 이곳에 이처럼 특이한 관문이 만들어져 있는 것은 알지 못했던 것이다.

벡쿠스가 팔짱을 낀 채 말했다.

"그럼 고대에 이곳 르메스 대륙의 인간 놈들 중 누군가

장난을 쳐 놓은 것이겠지. 보물을 숨겨 두고는 그냥 주기 아까우니 관문을 만들어 통과하면 주는 식으로 말이야."

"어쩌면 인간이 아니라 드래곤이나 다른 존재일 수도 있습니다. 그것은 곧 엄청난 보물이 숨겨져 있을 수도 있다는 뜻입니다."

베스터의 눈이 반짝였다. 벡쿠스의 눈빛도 번뜩였다.

"엄청난 보물이라! 크크크, 그럴 수도 있겠군. 좋아. 여기까지 온 이상 내가 그걸 몽땅 챙기도록 하겠다. 하지만 일단은 그놈부터 잡아야 한다. 그놈은 분명 이 안 어디엔가 있을 것이다. 모두 움직여라."

"예, 벡쿠스 님."

그런데 그때 24개의 방을 모두 살피고 돌아온 그리바가 맥 빠진 표정으로 말했다.

"방은 모두 텅 비어 있습니다."

"마법진이 그려진 곳은 없느냐?"

"예, 보이지 않습니다."

그러자 벡쿠스가 미늘창을 바닥으로 쿵 내리찍으며 말했다.

"그럴 리가 없어. 분명 이 안에 뭔가 있다. 두 눈을 부릅뜨고 미세한 흔적이라도 찾아라."

벡쿠스의 두 눈에서 광기가 번뜩이는 것을 본 그의 부하들은 흠칫 놀라며 즉시 고개를 끄덕였다.

"옛!"

"찾아보겠습니다."

벡쿠스는 집착이 광적으로 강하다. 따라서 그는 이곳에 보물이 있다고 생각한 이상 반드시 그것을 찾아내지 않으면 직성이 풀리지 않을 것이다.

아니나 다를까, 벡쿠스가 인상을 험악하게 구기며 크게 외쳤다.

"무조건 찾아라. 찾아내지 못하면 식량 배급은 없다. 대신 누구든 찾아내면 특별 포상을 주도록 하겠다."

"옛!"

"명을 따르겠습니다요!"

이제 포상이 문제가 아니었다. 찾아내지 못하면 쫄쫄 굶게 될 판이었다. 그리바는 울상을 지으며 다시 어둑한 건너편 방 안으로 사라졌다.

슥.

그때 벡쿠스가 힐끗 베스터를 노려봤다. 베스터는 마법사다 보니 동작이 굼뜨고 느린 편이었다. 지금도 부지런히 방들을 수색하는 다른 카치카들과 달리 그는 망연자실한 표정으로 생각에만 잠겨 있었다.

"베스터!"

"옛?"

"안이 어두우니 곳곳에 마법의 조명을 밝혀라. 그리고 밖에 가서 빠릿빠릿한 놈들을 골라 이곳 수색조에 합류시켜라. 어서 움직여라, 이 느려터진 마법사 놈 같으니! 이곳을 네놈의 무덤으로 만들고 싶지 않다면 꼬리털이 빠지도록 뛰란 말이다."

쾅!

미늘창이 바닥을 울렸다.

"흐헉! 알겠습니다."

베스터는 움찔 놀라 후다닥 달려갔다. 곧바로 그는 곳곳에 마법의 조명을 설치하고 마법진을 통해 밖으로 나가 대기하고 있던 카치카 병사들 중 일부를 골라 지하로 이동시켰다.

"빨리빨리 움직여라! 농땡이 피는 놈들은 가만두지 않겠다."

그렇게 24개의 방 안 도처에 카치카들이 포진되어 개미구멍 하나라도 발견하기 위해 기를 쓰는 장면을 샤크는 의미심장한 미소를 지으며 쳐다보고 있었다.

물론 그곳의 상황은 좀비들의 눈을 통해 볼 수 있었다. 좀비들이 소멸되지 않는 한 시야를 공유할 수 있기 때문이다.

'벡쿠스라고 했나? 저런 식으로 찾아봤자 소용없는 짓일 텐데 집착이 꽤나 강한 녀석이군.'

흑룡이 새로운 관문으로 이동하면서 그쪽과 연결된 공간이동 마법진은 사라진 상태였다. 적어도 최상급 능력을 가진 마법사가 오지 않는다면 바닥에 마법진이 있었다는 사실조차 발견할 수 없을 것이다.

그런데도 그것을 찾겠다고 기를 쓰고 있으니!

벡쿠스의 집요한 눈빛을 보아하니 하루 이틀 수색하고 사라질 기세가 아니었다.

곧바로 샤크는 폐허 주변에 펼쳐 둔 주시자의 눈들을 통해 또 다른 추격조가 편성되지 않았다는 것도 확인했다.

'어쨌든 추격당할 위험은 사라진 건가.'

경황 중에 좀비들을 소환해 지하의 관문이 있는 쪽으로 그들을 유인하긴 했지만, 그것은 도주를 위한 약간의 시간 벌기였을 뿐이다.

그런데 설마 카치카들이 폐허 지하의 관문들에 관심을

보여 아예 작정하고 그곳을 탐사하려 할 줄은 예상 못 한 일이었다.

'이제 굳이 뛸 필요는 없겠군. 슬슬 쉬어가면서 움직여도 되겠어.'

그는 좀 전에 무극지기를 과도하게 소모했다. 좀비를 통해 마법진을 작동하기도 했던 터라 그때 상당히 많은 무극지기가 소모되고 말았던 것이다.

그러나 카치카들이 추격해 오지 않은 이상 위험 요인은 사라졌으니 다행이었다.

'벡쿠스! 기왕이면 거기서 계속 버티고 있어라. 흑룡이 나올 때까지 말이야.'

샤크는 리닌과 헤나 등을 보호해야 하는 상황이라 부득이하게 도주하지만, 흑룡이라면 그럴 필요가 없다.

성격이 매우 거친 흑룡인 만큼, 아마 조만간 그가 관문들을 모두 통과하고 나오면 꽤 볼만한 일이 벌어질 것이다.

물론 벡쿠스에게는 재앙과 같은 일이겠지만.

Chapter 8

대성성마겁수(大猩猩魔劫手)

리닌을 안고 바람처럼 달려가던 샤크가 우뚝 멈춰 섰다.

그는 리닌을 바닥에 살짝 내려놓으며 말했다.

"모두 잠시 휴식!"

"오! 정말?"

"야호!"

헤나와 시엘이 반색했다. 그들은 그 자리에 털썩 주저앉고는 다리를 주무르기 시작했다.

"망할! 숨이 차 죽는 줄 알았네."

"난 다리가 끊어지는 줄 알았어요."

카치카들도 살았다는 듯 바닥에 주저앉았다.

"아이고! 죽겠다. 다리에 감각이 없어."

"크으! 이렇게 뛰어본 건 머리털 나고 처음이야."

그러나 모두들 조용히 속닥거리기만 했을 뿐 샤크에게 불만을 표시하지는 않았다. 그랬다간 샤크가 다시 마음을 바꿔 뛰라고 할 수도 있기 때문이다.

'쉬라고 할 때 쉬자.'

'그냥 조용히 있는 게 답이야.'

따로 말을 하지 않아도 알아서 척척! 이런 게 바로 샤크의 용하술임을 그들이 어찌 알겠는가?

그때 샤크는 근처의 평평한 바위 위에 다리를 꼬고 앉은 채로 눈을 감고 있었다. 놀랍게도 그는 그토록 뛰었지만 숨하나 차 보이지 않았다.

그 모습을 헤나는 눈살을 찌푸리며 쳐다봤다.

'이상한 자세야. 샤크는 대체 왜 저러고 앉아 쉬는 것일까?'

그동안 헤나는 샤크가 저런 자세로 앉아 있는 모습을 몇 번 목격했다. 그녀가 볼 때는 정말 이해할 수 없는 이상한 자세였지만, 샤크가 저 자세로 쉬고 난 이후에는 항상 기운이 차 보였다.

'흠, 뭔가 비밀이 있는 게 분명해. 나도 한번 다리를 꼬

고 앉아봐?'

헤나는 다리 주무르기를 멈추고 샤크를 그대로 흉내 내 다리를 꼬아봤다.

'윽! 이거 은근히 힘든 자세인걸.'

그러자 리닌이 고개를 갸웃하며 물었다.

"엄마, 뭐해?"

"그냥 앉아서 쉬고 있어."

헤나는 아무렇지도 않은 듯 대답했다.

"풋, 샤크 아저씨 자세를 따라 하고 있잖아. 나도 해 볼까?"

리닌도 헤나 옆에 다리를 꼬고 앉았다. 그러자 카치카 거 구즈와 거트도 흥미롭다는 듯 눈을 반짝였다.

"케켓! 나도 해 보겠다."

"크으! 꽤 힘들다."

유연한 관절을 가진 헤나와 리닌과 달리 카치카들은 관절이 굳어 있어 쉽지 않은 자세였다. 그 모습을 보고 시엘이 피식 웃더니 그대로 다리를 꼬고 앉았다.

"홋! 아니, 이렇게 쉬운 자세도 못해? 하긴 뭐 다리가 짧아서 어쩔 수 없겠지."

"뭣이?"

순간 거구즈가 울컥했다. 그는 상체가 매우 발달해 있는 반면 상대적으로 다리가 무척 짧은 것이 사실이었기 때문이다.

물론 모든 카치카들이 거구즈처럼 짧은 다리를 가진 것은 아니었다. 인간들과 마찬가지로 카치카들도 체격이 일정하지 않고 각각에 따라 달랐다.

즉, 거구즈와 달리 거트는 제법 긴 다리를 가지고 있었다. 평소 다리가 짧은 것에 은근히 열등감을 가지고 있던 거구즈로서는 시엘의 말이 귀에 꽤 거슬렸는지 잡아먹을 듯한 눈초리로 노려봤다.

이에 시엘은 움찔하며 어색하게 웃었다.

"헤헤! 장난이라고! 장난! 거슬렸다면 미안해."

"장난이라니 한 번은 넘어가지."

거구즈는 인상을 씰룩였다. 시엘이 어깨를 으쓱하며 말했다.

"흐음, 근데 다시 보니 다리가 꽤 긴걸."

"내 다리가 길어?"

거구즈가 의외라는 듯 눈을 크게 떴다. 시엘은 히죽 웃으며 고개를 끄덕였다.

"리닌보다는 길잖아."

"으득! 닥쳐라!"

거구즈의 인상이 다시 구겨졌다. 그의 키는 거의 2로빗 (m)에 달한다. 그런데 고작 6살의 소녀인 리닌보다 다리가 길다는 것은 전혀 위로가 되는 말이 아닌 것이다.

'빌어먹을 엘프 꼬마 놈 같으니!'

거구즈는 생각 같아서는 시엘의 머리를 한 대 쥐어박고 싶은 심정이었지만 참았다. 공연히 사고를 쳤다간 마스터 인 샤크에게 호되게 혼날 것이기 때문이다.

'제길! 나는 어쩌다 이렇게 짧은 다리로 태어난 거냐?'

그러다 보니 새삼스레 다시 열등감이 솟아올랐다. 옆의 거트는 비록 힘에 있어서는 자신에 비해 뒤지지만, 체격에 있어서는 매우 균형이 잘 잡혀 있기 때문이었다.

'염병할!'

단순히 보기만 우스꽝스러운 것이 아니다. 다리가 짧다 는 것이 전투력에 있어서도 상당히 부정적인 요소로 작용 했던 것이다.

'내 다리가 거트 녀석 정도만 되었어도 지금보다 몇 배 는 강했을 텐데 말이야.'

그런데 그때였다. 가부좌를 틀고 앉아 만상무극심법에 몰 두하던 샤크가 돌연 눈을 번쩍 뜨고는 거구즈를 쳐다봤다.

"확실히 거구즈 너는 다리는 짧다만 대신 상체가 발달되어 있지. 그 강점을 이용할 수 있다면 다리가 짧은 것이 아무런 문제가 될 수 없다."

"예, 마스터. 케켓, 그렇군요."

거구즈는 히죽 웃으며 고개를 끄덕였다. 그러나 속으로는 눈물이 다 나올 지경이었다. 시엘에 이어 이제는 마스터까지 나서서 다리가 짧다고 말하니 그로서는 더욱 힘이 빠졌던 것이다.

'크흑!'

상체의 강점을 이용해라! 말이야 좋은 말이지, 별로 그에게 위로가 되는 말은 아니었다.

대체 무슨 수로 상체의 강점을 이용하란 말인가.

마스터가 아니었다면 오히려 자신을 놀린다고 화를 냈을 거구즈였다. 그러나 마스터의 말인지라 그저 최대한 좋아 보이는 미소를 지을 수밖에 없었다.

스윽.

그러한 거구즈의 심정을 훤히 읽은 듯 샤크가 피식 미소를 흘리더니 자리에서 일어났다.

"그렇지 않아도 너희들에게 하나씩 무공을 전수할 생각이었는데 잘됐구나. 오늘은 일단 거구즈 너부터 시작하도록 하자."

"무공이 뭡니까?"

"그게 뭔지는 저절로 알게 된다. 일단 네가 배울 건 두 가지다. 하나는 대역천심법이고 또 하나는 대성성마겁수라고 한다."

"예……?"

거구즈는 멍한 표정을 지었다. 무공이라는 말도 처음 들어보는 것인데, 그 뒤에 나오는 말들은 기억조차 쉽지 않은 이상한 말들이었던 것이다.

아아, 그가 어찌 짐작이라도 하겠는가.

한때 밀종 무림의 전설이라 불리던 대성성마군(大猩猩魔君)의 존재를!

물론 샤크의 전전생 무림의 얘기였다.

그것도 백룡이 활동하던 당시가 아닌, 그로부터 대략 천 년 전의 무림에서 밀종의 전설이라 불리던 밀종의 최강자!

그가 바로 대성성마군이었다.

따라서 백룡도 대성성마군을 만난 적은 없었다. 천 년 전의 인물을 그가 어찌 만날 수 있었겠는가. 그저 밀종의 무학들을 연구하다 그에 대한 전설은 물론 무공까지 섭렵하게 되었을 뿐이었다.

물론 대성성마군이 아무리 천 년 전 무림의 최강자였다지만, 백룡에 비할 수는 없었다.

왜 무림인들이 백룡을 불세출의 고금 제일인이라 부르며 그토록 두려워했겠는가.

대성성마군의 전성기적 무력을 굳이 백룡의 시대 인물과 비교하자면 사황 이수룡이나 마교주 위지상과 흡사하다고 봐야 할 것이다.

따라서 대성성마군이 전력을 다해도 당시 백룡의 일초지적이나 되었을지 의문인 것이다.

그렇다 해서 대성성마군이 약한 것은 절대 아니었다. 백룡이 워낙 말도 안 되는 불가사의한 능력을 가진 존재였기에 그와 비교하면 누군들 허접해 보일 뿐인 것이다.

'대성성마군! 그림을 통해 보았을 뿐이지만 그는 하체가 짧은 대신 상체가 발달되어 있었다. 허리가 긴 것도 그렇고 지금의 거구즈와 거의 흡사한 체형을 가지고 있었던 것이지.'

그런 그의 체형에 최적화된 무공이 바로 대성성마겁수(大猩猩魔劫手)였다.

마기로 강화된 손을 통해 앞을 가로막는 뭐든 파괴해 버리는 절대수공(絕代手功)!

그것이 바로 대성성마겁수인 것이다.

세상에 거구즈에게 이토록 어울리는 무공이 또 있을까?

'후후, 내가 생각해도 정말 잘 골랐군.'

샤크는 흐뭇한 미소를 지었다. 이로써 한때 밀종 무림의 전설이었던 대성성마군의 절세기학이 시간과 공간을 초월해 이곳에서 부활하게 될 것이다.

카치카 거구즈를 통해서!

다만 그것을 위해서는 거구즈가 마기를 흡수해 자유자재로 다룰 수 있는 상승심법이 필요했다.

그것이 바로 대역천심법(大逆天心法)!

그 또한 대성성마군의 무공 중 하나였다.

"너는 체형상 굳이 어렵게 가부좌를 틀 필요가 없다. 대신 양손으로 바닥을 짚은 후 물구나무서기 자세를 취하며 호흡을 하도록 해라. 그것이 바로 대역천심법의 기본자세다."

"케케, 알겠습니다."

거구즈는 가부좌가 뭔지 모르지만, 어쨌든 그런 자세를 취하지 않아도 된다고 하니 다행이라 생각했다.

그리고 그는 다른 건 몰라도 물구나무서기라면 자신이 있었다. 하루 종일 그 자세로 있어도 힘들지 않을 정도였다.

퍽! 퍽!

거구즈가 물구나무 자세를 취하고 있는 동안 샤크는 단창을 이용해 근처의 흙을 잔뜩 파낸 후 물을 부어 반죽을 만들었다.

'웬 반죽?'

'무얼 하는 걸까?'

난데없이 흙으로 반죽을 만들고 있는 샤크의 행동에 헤나 등은 멍한 표정을 지었다.

거구즈에게 갑자기 물구나무서기 자세를 취하게 하는 것도 그렇고, 도무지 그의 행동은 하나같이 기괴하기 짝이 없었다.

보다 못한 거트가 조심스레 걸어가 물었다.

"마스터, 제가 도와 드릴까요?"

마스터 혼자서 땀을 흘리며 뭔가를 하고 있는데 멀뚱히 구경만 하고 있을 수 없다는 생각 때문이었다.

"괜찮다. 이건 네가 도와줄 수 없는 일이니 쉬고 있도록 해라."

"예, 마스터."

거트는 다시 쉬던 자리로 돌아갔다. 그리고 물구나무 자세로 서 있는 거구즈와 그 옆에서 이상한 반죽을 만들고 있는 샤크를 물끄러미 쳐다봤다.

그는 무엇을 하는 것일까?

그냥 눈 딱 감고 무시하려고 해도 그럴 수가 없는 것이 샤크의 행동이 너무도 호기심을 자극했기 때문이었다.

헤나 등도 거트와 다르지 않았다.

"대체 웬 반죽이야?"

"마스터! 뭐 하시는 거죠?"

"샤크 아저씨! 뭐 하세요?"

그들이 묻자 샤크는 잠시 후면 저절로 알게 될 것이라 말하고는 다시 반죽을 만드는 데 몰두했다.

'무극지기가 별로 없으니 환물을 만들기도 만만치 않군.'

그렇다. 그가 만드는 것은 환물(幻物)이라는 것이었다.

각종 흙이나 모래, 기타 갖가지 재료에 특별한 기운을 주입해 반죽을 하고, 그것을 특정한 형상으로 빚은 후 대법을 실행하면 마치 생기를 가지듯 움직이게 되는데, 그것이 바로 환물이었다.

일종의 골렘 제조법과 유사하지만 그 다양성과 유용성 면에 있어서 환물 제조법이 훨씬 더 강력하고 또한 심오하다 할 수 있었다.

일단 반죽을 사람 형상으로 빚어 기운을 주입하면 그때부터 사람처럼 움직이게 된다. 그렇다고 그것이 언데드는 아니었다. 죽은 시체를 일으켜 그것을 조종하는 것이 아니기 때문이다.

이른바 환물 인형이라 불리는 것으로 시전자는 그것들을 하인처럼 부려 먹을 수 있게 될 뿐 아니라, 무공이나 마법 능력도 부여해 전투용으로도 얼마든지 써먹을 수 있게 된다.

다만 기운 즉, 무극지기를 얼마나 주입하느냐에 따라 환물 인형들의 능력이 좌우되는 문제가 있었다.

즉, 웬만큼 강력한 환물 전사를 만들어 내려면 그만큼 많은 무극지기를 쏟아 부어야 하기에, 무극지기의 여유량이 많지 않다면 사용하기 부담스러운 면이 있는 것이다.

이 또한 혼천빙의대법과 마찬가지로 그가 무림을 주유하던 시절 습득한 사술의 일종이었지만, 굳이 시도해 볼 필요를 느끼지는 않았다.

이는 그가 마왕 시절 언데드 소환술을 알고 있으면서도 거의 사용할 필요를 느끼지 못했던 것과 흡사했다.

환야에서는 부려 먹을 마족과 마물들이 널려 있는데 그가 뭣하러 그런 번거로운 작업을 했겠는가.

마찬가지로 무림에서도 부려 먹을 만한 마교도나 사파의

종자들이 수두룩했다. 굳이 환물까지 만들어 부려 먹어야할 이유가 없었던 것이다.

그런데 그때와 달리 지금 상황에서는 환물 인형이 아주 유용하게 쓰일 듯했다.

물론 전투용이 아니었다. 현재 그가 가진 모든 무극지기를 다 쏟아부어도 그리 대단한 전투력을 지닌 환물을 만들기 힘들기 때문이다.

아마 기를 쓰고 만든다 해도 스켈레톤 워리어 칼둔보다도 못한 정도의 수준이랄까? 그럴 바엔 차라리 언데드 권속을 더 만들어 데리고 다니는 편이 훨씬 효율적일 것이다.

그렇다면 그는 무슨 용도로 환물 인형을 만드는 것일까? 무극지기가 일부 소모되는 것조차 감수하면서 말이다.

물론 교육용이었다.

무공 교육용 환물 인형!

즉, 거구즈에게 특화된 무공 사부를 만들기 위함인 것이다.

'환물 자체의 전투력은 거의 쓸모가 없지만 대성성마겁수의 초식들을 반복해 펼치게 하는 건 어렵지 않지.'

삭! 사악!

그사이 완성된 반죽을 이용해 샤크는 특정한 형상으로

그것을 빚기 시작했다. 잠시 후 대략적 형상이 나타났는데,
놀랍게도 그것의 모양은 거구즈와 비슷했다.

상체는 길고 하체는 짧은!

특히 허리가 매우 긴!

스스슥! 주물주물! 꽉꽉!

이어서 세부 모양을 빚는 작업이 시작되었는데, 샤크의
솜씨는 가히 장인의 그것에 가까웠다.

어떻게 털 하나까지 저렇게 정교하게 빚을 수 있을까?

멀리서가 아니라 가까이에서 봐도 거구즈라고 착각할 만
큼 동일한 형상으로 화했다.

'됐군.'

샤크는 미소 지으며 흙 반죽 인형의 내부에 무극지기를
주입해 특정한 흐름을 만들었다.

순간 감겨 있던 흙 반죽 인형이 두 눈을 번쩍 떴다.

화악!

두 눈에서 일시적으로 하얀빛이 일었다가 사라졌다.

"오오! 저럴 수가!"

"말도 안 돼! 흙 인형이 눈을 떴어!"

헤나 등은 기절초풍할 것 같은 표정으로 그 장면을 바라
봤다.

"허억!"

물구나무 자세로 그 장면을 바라보던 거구즈는 깜짝 놀라 균형을 잃고 넘어지고 말았다.

콰당!

그러나 그는 아픈 것도 잊고 샤크가 만들어 놓은 흙 반죽 인형을 멍하니 쳐다봤다.

그러나 더욱 기절초풍할 것 같은 장면은 그 뒤에 벌어졌다.

스윽.

눈을 뜬 흙 반죽 인형이 몸을 꿈틀대더니 움직이기 시작했던 것이다. 그러더니 그것은 이내 정중한 자세로 샤크를 향해 허리를 숙이며 말했다.

"로드, 저를 부르셨습니까?"

거칠지만 또박또박한 음성 또한 영락없이 거구즈와 흡사했다.

'후후, 성공했군.'

환물 인형 즉, 환물 사부가 성공적으로 만들어진 것이다. 샤크는 흡족한 미소를 지으며 고개를 끄덕였다.

"네가 할 일은 하나다. 거구즈에게 대성성마겁수의 기초를 가르치도록 해라."

"예, 로드."

환물 사부는 허리를 숙이더니 거구즈를 향해 걸어가 말했다.

"일어나서 나의 동작을 따라 해라."

그와 함께 환물 사부는 두 팔을 앞으로 내밀며 다리를 쪼그리는 자세를 취했다.

"엥……?"

순간 거구즈는 이 상황이 잘 이해가 되지 않은지 눈만 끔뻑끔뻑하고 있었다. 샤크가 싸늘히 외쳤다.

"뭣하느냐, 거구즈? 환물 사부를 따라서 수련을 하지 않고."

"이 흙 인형이 저의 사부라고요?"

"네가 일정 수준에 도달할 때까지다. 단계를 돌파하면 새로운 환물 사부를 만들어 주겠다."

"케켓! 대체 이 흙 인형이 뭘 알겠습니까요?"

"잔말 말고 따라 해라. 거구즈 네가 대성성마겁수를 대성하게 되면 드래곤과 싸워도 밀리지 않을 것이다."

"허억! 그럴 리가!"

거구즈의 두 눈이 커졌고 입은 쩍 벌어졌다. 이 괴상한 흙 인형이 시키는 대로 따라 하기만 하면 장차 드래곤과 싸워도 밀리지 않을 정도의 능력을 갖게 된다니!

그 말이 정말이라면 거구즈는 밤잠을 자지 않고 종일 수련만 할 것이다.

그동안 아무리 발버둥을 쳐도 그는 하급 카치카 병사일 뿐이었다. 심지어 십부장이 되는 것조차 불가능했으니까.

하지만 그는 도무지 믿을 수 없었다. 샤크의 말은 정말로 황당무계한 내용이었기 때문이다.

'케케! 말도 안 되는 일이다. 내가 드래곤과 맞서 싸우게 된다니.'

그는 자신도 모르게 정색을 하고 말했다.

"큭! 아무리 생각해도 그건 정말 말도 안 되는 일입니다요."

그러자 샤크가 인상을 살짝 찌푸렸다. 그의 두 눈에서 시퍼런 빛이 번뜩였다.

"지금 뭐라고 했느냐?"

거구즈는 움찔했다. 순간 그는 샤크에게 죽도록 맞던 일이 떠올라 진저리쳤다.

'크헉! 내가 미쳤구나. 마스터의 말에 토를 달다니.'

아무리 황당한 말이라 해도 무조건 그렇다고 했어야 했다.

마스터가 토끼를 사자라고 하면 사자다.

이유 불문!

무조건 사자인 것이다!

거기서 왜 토끼를 사자라며 따지는 건 매를 자초하는 짓인 것이다! 그것이 거구즈가 알고 있는 샤크의 방식이었다.

그런데 깜빡하고 그것을 망각했다.

"아, 아닙니다. 마스터의 말씀이니 무조건 믿습니다요."

샤크는 잠시 못마땅하다는 듯한 눈초리로 거구즈를 노려봤지만 이내 고개를 끄덕여 주었다.

"내 말을 믿는다니 이번 한 번은 그냥 넘어가도록 하지."

샤크가 인생을 좀 부드럽게 살자는 방침을 세우지 않았다면 지금쯤 한바탕 폭풍이 휘몰아쳤을 것이다. 거구즈에게는 그야말로 천만다행한 일이었다.

그래도 거구즈는 왠지 조마조마했다. 그는 최대한 충직한 표정을 지으며 말했다.

"옛, 마스터. 두 번 다시 마스터를 실망시켜 드리지 않겠습니다. 그럼 저 흙 인형을 따라 수련을 하면 됩니까?"

"흙 인형이 아니라 그는 너의 사부다. 사부로서 깍듯한 예의를 지키도록 해라."

"예, 마스터."

거구즈는 즉시 환물 사부 앞에 허리를 숙였다. 사실 인형 앞에 머리를 숙인다는 것이 웃기는 일이었지만, 마스터의 말이니 그런 걸 따질 때가 아니었다.

"잘 부탁하겠소, 사부."

그러자 환물 사부는 기계적으로 살짝 고개를 끄덕이고는 말했다.

"나를 따라 해라. 이 동작을 백 번 반복한다."

"예, 사부."

곧바로 거구즈는 그의 환물 사부가 하는 동작을 그대로 따라 하며 대성성마겁수를 수련하기 시작했다.

'처음 시도해 보는 것이지만 생각보다 효과적이군.'

샤크는 금세 흐뭇한 미소를 지으며 그 모습을 바라봤다.

'똑같은 무공의 동작도 체형에 따라 달라지고 그로부터 위력도 차이가 난다.'

그러다 보니 사부는 제자들의 체형에 맞게 동작을 교정해 줄 필요가 있었다. 무작정 사부의 동작을 따라 한다고 정확한 동작이 나올 수 없기 때문이다.

그러나 만일 자신과 동일한 체형의 사부에게 배우게 된다면? 그때는 그저 사부를 따라 하기만 하면 제자는 저절로 완벽한 동작을 취하게 될 것이다.

세상에 그보다 더 효과적인 수련법이 어디 있을까?

현실적으로 그와 같은 사부를 만나기란 불가능하지만, 샤크는 환물 창조를 통해 그것을 가능케 했다.

물론 대역천심법의 심오한 내용이나 대성성마겹수의 상승 경지에 대해서는 추후 샤크의 지도가 따로 필요할 것이다.

환물 사부의 임무는 그저 거구즈에게 대성성마겹수의 동작을 반복 수련하게 하는 데 있을 뿐이었다.

그래도 주입된 대로 움직이는 환물의 특성상 동작은 거의 완벽에 가까웠다.

실전적인 전투 능력은 전무하지만 같은 동작을 반복하는 데에 있어서는 최적화된 존재!

즉, 이대로라면 거구즈는 빠른 시일 내에 대성성마겹수의 모든 초식들을 스스로의 몸에 완벽히 체화시킬 수 있을 것이다.

'그것만으로도 가르치는 입장에서는 매우 편리한 일이지.'

샤크가 굳이 번거롭게 환물을 만든 진정한 이유가 바로 그것에 있었다. 즉, 거구즈보다는 샤크 자신이 편하자고 하는 일인 것이다.

그렇지 않으면 샤크가 종일 거구즈를 붙들어 동작을 반복 수련시켜야 하니 그것은 매우 귀찮은 일이 아닐 수 없었다.

물론 환물을 만드는 것도 번거로운 일이다. 그래도 그것은 한 번 만들어 두면 두고두고 써먹을 수 있으니, 샤크로서는 좀 더 편한 쪽을 택한 것이 당연했다.

'이제 녀석들에게 심법을 가르쳐야겠군.'

샤크가 가르치려는 무공들은 하나같이 상승 무공들이다. 외공이 아닌 내공으로, 강력한 심법이 뒷받침되지 않으면 대성할 수 없는 무공들인 것이다.

Chapter 9

무공을 전수하다

한편 헤나와 시엘 등은 카치카 거구즈가 그와 동일하게 생긴 괴상한 흙 인형 즉, 환물 사부라 불리는 그것을 따라 수련을 하는 모습을 물끄러미 쳐다보고 있었다.

처음에는 그저 우스꽝스럽다는 생각이었지만, 환물 사부의 동작을 찬찬히 살펴본 헤나는 돌연 섬뜩한 기분과 함께 등골이 서늘해졌다.

'저럴 수가! 저대로 공격이 들어오면 꼼짝없이 당할 수밖에 없겠어.'

비록 어쩌다 보니 지금은 천덕꾸러기 비슷한 존재가 되었지만, 그녀 역시 검사가 아닌가.

파리안 왕국의 명문 검가인 로나이스 후작가의 뛰어난 검술을 어려서부터 수련해 온 그녀인 것이다.

마나를 다루는 것은 물론이고 미세하지만 오러까지 발출시킬 정도의 경지에 이른 그녀는, 거구즈와 환물 사부가 펼치는 동작들이 결코 범상치 않다는 것을 알아봤다.

"이크! 아이고!"

거구즈는 환물 사부의 동작들을 제대로 따라 하지 못하고 계속 넘어졌다. 하나의 동작은 쉬워 보여도, 그와 이어지는 다른 동작과 연결되는 것이 무척 까다롭기 때문이었다.

그러나 바로 그 연결되는 동작들이 부드럽게 펼쳐지면 상상할 수 없는 위력을 발휘하게 되는데, 지켜보는 것만으로도 헤나는 숨이 막히는 것 같았다.

그와 달리 거트는 거구즈의 동작이 우습기만 한지 그저 키득거리고 있었다.

그것은 당연한 일이었다. 웬만큼 실력이 있지 않고서는 일견 우스꽝스러운 거구즈의 동작이 특별하다고 느낄 수는 없기 때문이다.

그런데 특이하게도 시엘은 두 눈이 크게 확대되어 있었다. 엘프 특유의 뛰어난 궁술과는 달리 검술 쪽으로는 사실상 문외한이나 다를 바 없는 시엘이지만, 거구즈의 움직임을 보고 뭔가 심상치 않다 느낀 모양이었다.

그것은 시엘에게 남다른 감각이 있다는 것을 의미했다. 샤크는 이미 시엘이 무공에 상당한 소질이 있다는 것을 알아본 상태였다.

그리고 그보다 더 샤크를 기대하게 만드는 존재가 있다면 바로 리닌이었다.

이제 고작 6살에 불과한 리닌이다. 검술이나 그 어떤 체술 수련을 한 적도 없는 말 그대로 평범한 아이일 뿐이었다.

그러나 환물 사부와 거구즈를 바라보는 리닌의 두 눈은 초롱초롱 반짝이고 있었으니!

보통 사람들이 본다면 리닌이 그저 아무 생각 없이 거구즈가 우스꽝스러운 동작을 힘겹게 펼치고 있는 모습을 구경하고 있다고 생각할 것이다.

그러나 샤크는 리닌의 시선이 환물 사부에 고정되어 있을 뿐 아니라, 때에 따라 눈빛이 날카롭게 빛나고 있음을 관찰하고 있었다.

샤크의 입가에 미소가 번졌다.

'한 번 본 것만으로도 동작을 모두 기억했을 뿐 아니라 상상으로 변형까지 시키고 있군. 역시 예상대로야.'

리닌의 자질은 시엘을 뛰어넘었다. 그동안 샤크가 키웠던 제자 중 가히 최강의 자질을 가졌다 할 수 있는 라우벤과도 쌍벽을 이룰 정도였다.

따라서 리닌을 잘 키워두면 이곳 르메스 대륙에 웬만한 마왕쯤은 가볍게 처치할 수 있는 강한 용자가 생겨나게 될 것이다.

'리닌! 너는 용자가 되기 위해 태어난 존재다. 너의 소원이 무엇이든 간에 말이야.'

이곳으로 오면서도 샤크가 때때로 리닌에게 소원을 물었지만, 리닌은 나중에 말하겠다며 말을 하지 않았다.

그러나 샤크는 리닌이 뭔가 원하는 것이 있음을 눈치챈 터였다.

대체 리닌이 원하는 것은 무엇일까? 샤크가 아무리 대단한 능력을 가진 초월자라지만 리닌의 마음속에 감춰진 소원까지 읽을 수는 없었다.

따라서 그는 어쩔 수 없이 리닌이 말을 할 때까지 기다려야 하는 것이다. 그녀의 소원이 무엇이든 들어주겠다는 약속을 한 것은 바로 그였으니까.

'아마도 용자가 되고 싶은 것이겠지. 쑥스러워서 말을 못하는 것이냐? 하지만 너의 소원이 다른 것이라 해도 나

는 너를 꼭 용자로 만들고 말겠다.'

그래야 추후 샤크가 이곳 세계를 떠나 환야로 돌아갈 때 안심할 수 있을 것이다. 르메스 대륙에는 평화를 수호하는 강한 용자 리닌이 남아 있을 테니까.

샤크는 리닌을 향해 걸어갔다.

"리닌, 오늘부터 너는 내가 가르쳐 주는 대로 호흡을 해야 한다."

"호흡이요?"

"그래. 그리고 내공을 운용하는 법을 배울 것이다. 그것은 내공심법이라고도 하지."

"내공심법?"

"네가 배울 것은 심법 자체로도 강력한 전투력을 발휘할 수 있는 옥녀봉황심공(玉女鳳凰心功)이라는 것이다. 네가 그것을 꾸준히 수련하면 장차 이곳 세계에서 널 두렵게 만들 존재는 없을 것이다."

"옥녀봉황심공……."

리닌은 마치 무슨 운명을 느꼈는지 몸을 살짝 떨었다.

고대 신비문파였던 옥녀문(玉女門)의 상승심법인 옥녀심공(玉女心功)을 백룡이 완벽하게 보완해 새롭게 창안한 것이 바로 옥녀봉황심공이었다.

그것이 이제 리닌을 통해 그 진가를 드러내게 될 것이다.

계속해서 샤크는 헤나를 향해 다가갔다. 순간 헤나는 알수 없는 기대감에 가슴이 설레었다.

'설마 내게도 무공이라는 걸 가르쳐 줄 생각인가?'

아니나 다를까, 샤크가 담담히 미소를 지으며 말했다.

"헤나, 네가 가진 검술도 나쁘진 않다. 꾸준히 수련하면 장차 오러 블레이드를 발출할 수 있는 마스터의 경지에 이르는 것도 어렵지는 않을 거야."

그러자 헤나가 당연하다는 듯 고개를 끄덕였다.

"훗, 그야 물론. 내가 미숙해서 그렇지 로나이스가의 검술은 완벽해. 샤크 네가 제대로 본 게 맞아."

그녀는 샤크가 가문의 검술을 인정해 줬다 생각해서 기쁜지 활짝 웃었다. 그러나 샤크는 이내 싸늘히 웃으며 고개를 흔들었다.

"다만 문제는 시간이 무척 오래 걸린다는 것에 있다. 아무리 대단한 검술이라 해도 경지에 오르는 시간이 그토록 길면 별 쓸모가 없어. 과연 그 경지에 이른 이들이 몇이나 있었는지 모르겠군."

"……!"

헤나의 인상이 살짝 구겨졌다. 그러나 샤크의 말은 틀리지 않았다.

　지금껏 그녀 가문에서 마스터의 경지에 이른 이는 딱 둘. 그것도 모두 70세가 넘어서야 간신히 달성했다고 들었다.

　샤크의 눈이 빛났다.

　"네가 원한다면 새로운 검법을 가르쳐 주겠다. 물론 그 경우 네가 가진 기존의 검술을 버린다는 각오를 해야 한다."

　가문의 검술을 버리라는 말에 헤나는 울컥했지만 샤크의 강렬한 눈빛을 보는 순간 기분 나쁜 감정은 사라지고 이상하게 가슴이 뛰었다.

　"그럼 처음부터 다시 검술을 익히라는 거야?"

　"검술의 기본까지 버리라는 건 아니다. 다만 새로운 검로를 익히려면 가문의 검로는 머릿속에서 지우는 편이 낫다는 것이다."

　"그럼 마스터의 경지까지는 얼마나 걸리는데?"

　"대략 10년! 물론 네가 하기에 따라 그보다 단축될 수도 있겠지. 5년이 될 수도 있다."

　"……!"

　헤나는 기막혀하는 표정을 지었다. 불과 10년, 아니, 심지어 5년 만에 마스터의 경지에 이를 수 있다고?

그야말로 믿기 힘든 소리였다.

그러나 그녀는 샤크에게 알 수 없는 신뢰를 가진 터였다. 아니, 지금 상황에서 샤크의 말을 믿지 않을 수가 없었다.

그녀는 목격했지 않았던가.

샤크의 행동 하나하나가 매번 기적과 같은 상황을 만들어왔던 것을 말이다.

처음에는 무기력한 나체 상태로 깨어난 그가 한때는 그저 짐 덩어리로 여겨지기도 했지만, 지금은 아니었다. 헤나는 자신과 리닌이 샤크가 아니었으면 벌써 죽어 카치카들의 먹잇감으로 사라졌을 것임을 잘 알았다.

'매시간이 지날수록 달라지고 있어. 처음에는 약했는데 지금은 나와 비교할 수 없을 만큼 강해졌어.'

헤나는 샤크가 인간이 맞나 싶었다. 어쩌면 정체를 숨긴 드래곤이 아닌가 싶을 정도로, 그의 능력은 기상천외했고, 상상을 초월했던 것이다.

"해 보겠어. 가르쳐 준다면."

헤나는 망설이지 않고 고개를 끄덕였다.

빠르면 불과 5년 만에 마스터의 경지에 이를 수 있다니! 도저히 믿기 힘든 얘기였지만 샤크의 말이라면 믿을 수 있었다.

샤크가 미소 지었다.

"내가 네게 가르쳐 줄 검법은 천룡승천검법이라는 것이다."

"천룡승천검법……?"

"그렇다."

헤나는 고개를 갸웃했다.

아아, 그녀가 어찌 알 수 있겠는가.

그 또한 한때 무림의 최강자라 불리던 천룡무제(天龍武帝)의 최강절예라는 사실을.

"아주 오래전 무림에 천룡무제라는 자가 있었다. 그는 평생 대검만 사용했지. 당시 그가 펼친 천룡승천검법은 무적이었다. 오직 대검으로 펼쳐야 제대로 된 위력을 발휘하게 된다."

그 말에 헤나는 깜짝 놀랐다. 무림이라는 대륙에서 무적이라 불리던 자의 검법을 배우게 되다니. 그것도 그녀에게 무척이나 익숙한 대검술이라니!

"잘됐군. 난 대검이 익숙한데."

"그렇지 않아도 네게 가장 잘 어울리는 검법을 골랐다. 겉보기와 달리 제법 완력이 좋아서 말이야."

그러자 헤나가 호호 웃었다.

"여자는 힘이잖아. 여자라면 대검 정도는 쓸 줄 알아야지."

저 말이 맞는 말인 것인가? 왠지 남자와 여자가 바뀐 듯했지만 헤나에게는 틀린 말이 아니었다.

가녀린 체구인 그녀이지만 완력에 있어서는 웬만한 남자를 능가했다. 그렇지 않았다면 무거운 대검을 무기로 사용한다는 것은 꿈도 꾸지 못했을 것이다.

물론 그것은 오직 대검만을 수련하는 로나이스 검가의 전통이었다. 가문에 속한 자라면 남녀 불문 무조건 대검을 수련해야 했으니까.

"오늘은 천룡심법을 먼저 알려 주도록 하지."

"천룡심법? 그건 또 뭔데?"

"내공 즉, 마나를 효율적으로 체내에 쌓은 후 운용하는 법이다. 꾸준히 수련하면, 일정 시간이 흘렀을 때 너의 체내에 존재하는 마나가 천룡지기로 변하게 된다. 이변이 없다면 바로 그때 너는 환골탈태를 경험하게 될 거다."

"환골탈태?"

"때가 되면 저절로 알게 된다. 아무튼 오늘부터 너는 꾸준히 천룡심법을 수련해라. 그리고 잠시 후에 환물 사부를 만들어 줄 테니 그로부터 천룡승천검법의 초식들을 배워라."

"근데 천룡승천검법이 그렇게 대단한 거야?"

"물론. 꾸준히만 한다면 마스터는 물론이고 그랜드 마스터가 되는 것도 어렵지 않을 것이다."

그랜드 마스터라니! 마스터만 해도 꿈의 경지인데 절대 초인이라 불리는 그랜드 마스터가 웬 말인가?

그래도 헤나는 씩 웃으며 고개를 끄덕였다.

"고마워. 열심히 수련할게."

솔직히 샤크의 말은 그야말로 허무맹랑하다 못해 황당무계한 내용들이었지만, 그래도 믿어 보기로 했다.

'그랜드 마스터라!'

왠지 가슴이 두근거리는 헤나였다.

"그럼 이제부터 내가 알려 주는 내용을 잘 기억해라. 천룡심법에 대해 알려 주도록 하지."

"응."

헤나는 샤크의 말에 귀를 기울였다. 모두 그녀로서는 처음 들어보는 이상한 내용들이었지만, 기이하게도 샤크가 말을 하는 순간 그녀의 머릿속에서 저절로 이해되는 것이었다.

계속해서 샤크는 시엘에게 걸어갔다. 눈치 빠른 시엘은 샤크가 자신에게도 뭔가 대단한 것을 가르쳐 줄 것이라는 기대를 품고는 눈을 초롱초롱 빛냈다.

"헤헤, 뭐든 가르쳐만 주십시오. 열심히 하겠습니다."

배울 자세가 되어 있다는 것을 알려 주고 싶은지 시엘의 태도는 정중하기 이를 데 없었다. 샤크는 흡족해하는 표정으로 고개를 끄덕였다.

"좋아. 네 녀석이 처음으로 마음에 쏙 드는 행동을 하는구나. 특별히 배우고 싶은 무공이 있느냐?"

"궁술을 알려 주시면 바랄 게 없겠죠."

"흠, 궁술이라. 네게 딱 어울리는 것이 있지."

샤크는 허리에 차고 있던 은빛 단궁을 만지작거리며 말했다. 그 단궁은 폐허 지하에서 얻은 것으로 마나 화살을 날릴 수 있는 마법이 부여되어 있었다.

활에 관심이 많은 시엘이 연신 그에 대해 눈독을 들이고 있다는 사실도 눈치챘지만, 샤크는 모른 척했다. 당분간 그가 쓸 생각이었으니까.

'이렇게 편한 걸 녀석에게 줄 순 없지.'

물론 나중에 그에게 필요 없어지면 시엘에게 선물로 줄 생각이긴 했다.

그리고 시엘이 수련할 무공은 이런 마법 장비에 의존할 필요가 없었다. 특히 수련 시에는 절대 금물이었다.

평범한 활로도 엄청난 위력을 발휘하는 것!

그것이 바로 절세무공이 아니겠는가.

마법에 의존하면 수련의 성과가 떨어지게 된다.

물론 무공을 대성한 이후라면 마법 장비를 통해 더욱 강력한 효과를 낼 수 있겠지만 말이다.

"시엘 네게 어울리는 무공은 아수라폭멸탄궁이라는 것이다."

"아수라폭멸탄궁……? 뭔가 이름이 참 길군요."

아수라가 뭔지 시엘이 알 리 없었다. 그러나 그는 왠지 무공의 이름을 듣는 순간 전율이 밀려왔다. 본능적으로 엄청나게 살벌한 무공이라는 것을 느낀 것이다.

아아, 시엘이 어찌 짐작이나 할 수 있으랴.

그것이 바로 한때 무림을 공포의 도가니로 만들었던 아수라마제(阿修羅魔帝)의 무공임을!

아수라마제 또한 그의 진산비기였던 아수라폭멸탄궁(阿修羅暴滅彈弓)이 시공간을 초월해 엘프 소년의 활에서 재현되게 될 줄은 꿈에도 몰랐으리라.

"시엘, 너는 이미 궁술의 기초가 잡혀 있으니 굳이 환물사부를 통해 궁술을 배울 필요는 없다. 그보다는 아수라심법을 꾸준히 연성해 체내에 아수라지기를 쌓아야 한다. 아수라폭멸탄궁의 가공할 위력은 아수라지기를 통해 발출되기 때문이다."

그 말과 함께 샤크는 시엘에게 아수라심법(阿修羅心法)을 전수해 주었다.

다음은 거트.

거구즈에 비해 훤칠한 키와 긴 다리를 가진 거트 또한 자신의 차례를 기다리고 있었는지, 샤크가 걸어가자 벌떡 일어났다.

"뭐든 가르쳐만 주십시오. 열심히 하겠습니다요."

시엘이 이런 식으로 말해 샤크에게 칭찬을 들었던 것을 봤던 거트는 눈치껏 최대한 좋아 보이는 미소를 지으며 말했다.

"흠, 그래?"

"옛, 마스터! 죽으라면 죽을 준비도 되어 있습니다요."

"좋아. 정신 상태가 마음에 드는구나."

샤크는 흡족해하는 미소를 흘리며 고개를 끄덕였다.

바로 이거다.

이런 식으로 그가 굳이 말하지 않아도 알아서 척척!

이것이 바로 그의 신묘한 용하술 아니겠는가.

"너는 도끼를 휘두르는 데 제법 재능이 있으니 혈마부법을 전수해 주도록 하겠다.”

“혈마…… 부법……?”

생소한 용어에 거트는 고개를 갸웃했다. 그는 머리를 긁적이며 조심스레 물었다.

“그, 그럼 그것을 열심히 수련하면 저도 드래곤과 맞먹을 수 있습니까요?”

“물론이다. 충분히 상대하고도 남지. 네가 하기에 따라 드래곤의 목을 잘라 버리는 것도 가능할 것이다.”

“오오!”

거트의 안면이 흥분으로 물들었다. 비록 황당무계한 말이긴 하지만 그래도 그것을 상상하는 것만으로도 가슴이 벅차올랐다.

그러나 그가 만일 혈마부법(血魔斧法)이 누구의 무공이었는지 알고 있다면 단순히 가슴이 벅차는 것 정도로 끝나지 않았을 것이다.

혈마(血魔)!

무림사(武林史)에 마(魔)라 칭하는 이들이 숱하게 많았다지만 그중에서 혈마의 이름을 빼고 어찌 마를 논할 수 있겠는가.

혈마, 흑마(黑魔), 광마(狂魔)!

백룡이 있었던 당시까지 고대로부터 존재하던 모든 마의 조종(祖宗)이라 불리던 환우삼마(寰宇三魔)!

그중의 하나가 바로 혈마인 것이다.

거트가 배우는 혈마부법은 혈마의 십대무공 중 하나였다. 또한 곧이어 샤크에게 배우게 될 혈마심법(血魔心法)도 그 십대무공 중 하나에 속했다.

즉, 거트는 혈마의 십대무공 중 무려 두 개를 배우게 되는 셈이었다.

그런 엄청난 기연이 주어졌지만 거트는 그저 어린아이같이 천진난만한 표정이었다. 그는 혈마가 누군지, 혈마부법이 얼마나 가공할 만한 무공인지 모르기 때문이다.

그저 막연하게나마 드래곤과 맞먹는 실력을 가진다면 얼마나 좋을까, 라는 생각을 하며 히죽거리고만 있었다.

"케케! 그럼 어서 가르쳐 주십시오, 마스터. 몸이 부서져라 수련하겠습니다요."

"혈마부법의 자세한 동작들은 잠시 후 생겨날 환물 사부를 통해 배우도록 해라. 그리고 오늘부터 너는 혈마심법을 통해 혈마지기를 축적해야 한다."

그 말과 함께 샤크는 거트에게 혈마심법의 기초 운용법을 알려 주었다. 사실 심오하기 이를 데 없는 혈마심법의 내용을 거트의 머리로 이해한다는 건 불가능했지만, 샤크가 특별한 방법으로 그것을 주입, 이해시켜 주었기에 가능한 일이었다.

이는 매우 편리한 방법이긴 했다.

다만 자칫 과도한 내용이 한 번에 들어가 머릿속을 휘저어 버리면 미쳐 버릴 우려가 있었다. 따라서 대상의 정신력에 따라 정도를 조절해야 했다.

즉, 그가 주입한 혈마심법의 내용은 거트의 머릿속에서 단계적으로 풀려나게 되어 있었다. 거트가 일 단계의 내용을 꾸준히 수련해 혈마심법을 일성(一成) 정도 성취하게 되면, 그때서야 이 단계의 내용이 저절로 떠오르는 식이었다.

물론 이 같은 방식은 거트에게만 아니라 모두에게 동일하게 적용했다. 인간이나 엘프의 정신력이 카치카보다 뛰어나다 해도 방대한 내용을 한 번에 풀어 놓는 것은 위험한 일이며, 수련에 있어서 비효율적인 방법이기도 했다.

기초부터 한 단계씩 차근차근!

그러다 점차 높은 경지로 발전해 나가면 된다.

그사이 거트는 어렵게 가부좌를 튼 후 샤크에게 배운 혈마심법의 수련에 들어갔고, 헤나와 리닌, 시엘도 각각 천룡심법, 옥녀봉황심공, 아수라심법 등을 수련하고 있었다.

또한 거구즈는 그들과 멀리 떨어진 곳에서 환물 사부의 동작을 따라 하느라 여념이 없었다.

그런 그들을 샤크는 담담히 바라보았다.

'열심히들 해라. 다음 단계를 배울 수 있느냐는 너희들의 노력에 달려 있다. 나는 노력하지 않는 녀석들에게 계속 호의를 베풀어 줄 만큼 너그러운 사람이 아니거든.'

봄날의 훈풍처럼 부드러운 미소를 지으며 기연을 마구 퍼주고 있는 샤크가 속으로는 이런 생각을 하고 있다는 사실을 헤나 등은 상상도 못 할 것이다.

그러나 그것은 사실이었다.

노력하지 않는 이에게는 주었던 기연조차 거둬 버릴 것이다. 그의 손짓 한 번이면 그들의 머리에 주입되었던 무공의 지식들이 거품처럼 흩어져 버리게 되리라.

심지어 샤크는 내심 용자의 재목이라 생각하고 큰 기대를 품고 있는 리닌도 만일 수련을 게을리하며 노력하지 않으면, 과감히 육성을 포기할 생각이었다.

물론 한 번쯤 백룡구타술로 다스려 볼 수도 있겠지만, 노력까지 매로 다스리는 데는 한계가 있기 때문이다.

특히 각고의 고통을 이기며 한계를 돌파해야 하는 무공의 수련에 있어서는, 오직 그 스스로의 필사적인 노력만이 성취를 가져올 수 있는 것이다.

더구나 용자가 되려면 그 누구보다 강인한 의지가 필요하지 않겠는가.

안이함과 나태함, 현상에 안주하려는 생각 따위에 정신을 빼앗기게 되면, 운 좋게 용자가 되었다 해도 타락한 용자가 되기 십상일 테니까.

'옥녀봉황심공은 아주 강력한 위력을 가지고 있지만, 그 어떤 것보다 강한 정신력을 필요로 하는 무공이지. 성취가 오르면 오를수록 고통스러울 것이다. 그것을 참아 내야만 너는 용자가 될 수 있다, 리닌.'

옥녀봉황심공을 대성하게 된다면 리닌은 무력을 능가하는 정신력을 갖추게 될 것이다.

그 어떤 협박이나 유혹에도 흔들리지 않는 강한 의지를 가진 용자!

부디 리닌이 그런 용자가 되기를 샤크는 진심으로 바라고 있었다. 그리고 그렇게 리닌이 용자가 되었을 때 헤나와 시엘, 거구즈, 거트 등이 리닌에게 큰 힘이 되어 줄 것이다.

헤나는 엄마로서 든든한 버팀목이자 의지처가 되어 줄 것이고, 시엘 등은 수호 기사이자 가디언으로서의 역할을 해 줄 테니까.

즉, 샤크는 무작정 기연을 퍼주고 있는 것이 아니라 이 같은 목적이 있어서 모두에게 상승 무공을 전수해 준 것이었다.

마지막으로 칼둔.

스켈레톤 워리어 칼둔은 현재 거무튀튀한 망토를 두른 채 나무의 그늘 속에 숨어 있었다.

언데드인 특성상 빛을 두려워하는 터라, 어둠 속에 숨어 있는 건 당연했다.

샤크는 칼둔을 잠시 쳐다봤다.

본래 그는 칼둔의 육체에 내재된 어둠의 기운을 무극지기로 전환하려 했지만, 문득 그보다 더 좋은 생각이 떠올랐다.

'그래. 이렇게 된 거 저 녀석에게도 무공을 수련시켜 볼까?'

언데드이긴 하지만 칼둔은 상당한 수준의 지능을 가지고 있었다. 또한 그는 샤크의 권속이 된 터라 헤나나 시엘 등과는 달리 좀 더 수월하게 무공을 전수해 줄 수 있었다. 환물 사부가 따로 필요 없기 때문이다.

'흑마공을 익히면 칼둔은 빛을 두려워하지 않아도 될 것이다. 물론 흑마지신을 이루어야 하겠지만 어차피 시간문

제일 뿐이지. 그리고 보니 흑마공이야말로 언데드에게 가장 적합한 무공이로군.'

샤크의 입가에 미소가 씩 맺혔다.

그는 혈마와 더불어 환우삼마 중 하나였던 흑마의 무공을 칼둔에게 전수하기로 결정한 것이다.

흑마공(黑魔功)과 흑혈마검식(黑血魔劍式)!

이 천지개벽의 광세절학들이 한낱 언데드에게 전해진다는 사실을 흑마가 알게 된다면 무덤에서 뛰쳐나와 샤크의 머리카락을 쥐어뜯으려고 할 것이다.

물론 그런다고 머리카락을 쥐어뜯길 샤크가 아니지만, 왠지 조금은 미안스러운 감정이 들기도 했다. 입장을 바꿔 생각해 보면 과히 기분이 좋을 수가 없을 테니까.

'그래도 실전되어 사라지는 것보다 낫지 않겠소? 비록 언데드이긴 하지만 누군가의 손에서 당신의 무공이 빛을 발휘하게 되는 것이니 말이오.'

백룡은 흑마와 한 번도 만난 적이 없다. 그들은 아득한 고대의 인물들이었으니 만나기란 불가능했다.

다만 그들의 진전에 대해서는 그가 무림을 주유하던 중 우연히 환우총이라 불리는 무덤을 발견해 얻었을 뿐이다.

그리고 그때 백룡은 이미 절대자연검식을 창안한 상태였

기에 환우삼마의 무공들이 그리 대단해 보이지 않았다.

다만 혹시라도 사악한 이들에게 그들의 무공이 전해질까 우려해 모조리 태워 버렸다. 물론 그 전에 무공 연구를 위해 그들의 무공을 한 번씩 훑어보는 것을 잊지 않았다.

그때 환우삼마가 남긴 서신에는 자신들의 진전을 얻는 대신 공동전인으로서 무림을 제패하라는 임무가 적혀 있었지만, 샤크는 사뿐하게 그것을 무시해 버렸다.

'그때 얻었던 무공들을 이런 식으로 써먹게 될 줄은 몰랐군.'

그러고 보면 그것은 그야말로 아득한 시공간의 저편에서 있었던 일이었다.

그래도 그는 그때의 일이 아직도 생생했다.

인간으로 죽었다. 마왕으로 태어나고 다시 인간으로 태어난 지금에도 광협 백룡으로서의 자신은 그대로인 것 같아 샤크는 왠지 기분이 묘했다.

Chapter 10

마검 혈월(血月)

으적! 짭짭!

으지직—

어둑한 공간에서 커다란 짐승의 사체를 씹어 먹고 있는 정체불명의 흑의인이 있었다.

놀랍게도 흑의인은 그의 몸보다 몇 배는 더 거대한 짐승의 사체를 모두 씹어 삼켰다.

그것도 매우 빠른 속도로!

그것은 그야말로 믿기 힘든 기괴한 일이었다.

흑의인의 위장이 아무리 크다 해도 어찌 그의 몸보다 몇 배 거대한 짐승의 사체를 몽땅 삼킬 수 있다는 말인가?

그것은 위장이 무슨 아공간과 연결되어 있지 않고는 불가능한 일이리라.

그러나 실상 흑의인이 먹는 순간 짐승의 사체 조각들이 그의 위장으로 들어가 소화되는 것이 아니라 그 즉시 마기로 화해 그의 몸에 축적되고 있었다.

즉, 흑의인은 고기를 먹는 것이 아니라 마기를 섭취하고 있는 것이었다.

그는 물론 좀비 흑룡!

샤크의 또 다른 자신이었다.

흑룡은 그사이 무려 96개의 방으로 이루어진 거대 관문을 모두 격파했다. 각각의 방에서 등장한 모든 언데드들을 해치웠고, 그것들의 마기를 섭취한 덕분에 지금 그의 능력은 스스로 생각해도 불가사의할 만큼 강해진 상태였다.

'누군지 모르지만 고맙다고 해야겠군. 덕분에 암흑지신을 이루었다.'

암흑마기를 통해서만 이룰 수 있는 암흑지신!

이로써 흑룡은 언데드의 한계를 돌파했다. 훤한 대낮에 밝은 햇살이 내리비추는 곳을 다녀도 아무런 피해를 입지 않을 수 있는 신체가 되었다.

그뿐이 아니다. 도검불침(刀劍不侵)의 피부에 가공할 파

괴력을 가진 신체 능력은 상승의 마공을 펼치기에 지장이
없었다.

이런 속도라면 불과 며칠 내로 그는 어지간한 드래곤들
을 패대기칠 정도로 강해지게 될 것이다.

"크크크, 대단하군. 그대는 제법 나를 놀라게 했다. 이제 새
로운 문을 열어 주도록 하지."

그때 예의 음성과 함께 바닥에 새로운 마법진이 생겨났
다. 흑룡은 인상을 찌푸리며 마법진을 차갑게 노려보았다.

'새로운 문이라. 저걸 통하면 드디어 그놈을 만날 수 있
는 건가?'

지하에 이 기괴한 관문을 만든 존재.

그는 과연 누구일까?

흑룡은 마법진에 오르기 전 근처에 수북이 쌓아 놓은 보
물 상자들을 몇 개 뒤졌다.

도합 96개의 보물 상자.

대부분 금화와 포션, 각종 보석 등이 들어 있었지만, 마
지막으로 얻은 황금빛의 큼직한 상자에는 불그스름한 검신
의 장검이 한 자루 들어 있었다.

'이건 마검의 일종이군.'

쥐는 순간 차갑다 못해 손이 시릴 정도의 강력한 냉기가 느껴졌다. 자세히 살펴보니 매끄러운 검신 중앙에는 핏빛 달의 형상이 은은히 새겨져 있었다.

'핏빛 달이라.'

흑룡은 이 정체불명의 마검을 혈월(血月)이라 부르기로 했다. 듣기만 해도 무시무시한 이름이지만 좀비 흑룡에게 매우 어울리는 검임은 분명했다.

'어디 내려가 볼까?'

두 개의 마법진.

그중 하나는 본래 있던 곳으로 돌아가는 마법진이고, 다른 하나는 새로운 곳으로 이동하는 마법진이었다.

둘 중 어느 쪽으로 가든 만만치 않은 일이 기다리고 있을 것이다.

한쪽은 이 지하 관문을 만든 정체불명의 존재가 있지만, 다른 쪽은 카치카 지휘관 벡쿠스 일당이 눈에 불을 켜고 있으니 말이다.

흑룡은 또 다른 샤크이기에 현재 폐허에서 벌어진 일을 모두 알고 있었다.

즉, 벡쿠스를 비롯한 카치카들이 자신이 아까 통과한 관문들을 샅샅이 뒤지고 있는 모습들과 샤크가 펼쳐 놓은 주시자의 눈들이 보여 주는 시야도 모두 공유했다.

물론 굳이 그것들을 통하지 않아도 샤크가 알고 있는 것들을 흑룡 또한 알 수 있었다. 둘은 사실 하나이니 당연한 일이었다.

다만 둘은 육체와 성격이 다를 뿐이다. 좀비의 육체와 거친 성격을 가진 흑룡은 샤크에 비해 모든 일에서 관대하지 못했다.

'손봐 주어야 할 놈들이 너무 많군. 기다려라. 조만간 하나씩 작신작신 만져줄 테니 말이야.'

아마도 흑룡이 관문들을 통과한 후 출두하게 되면 르메스 대륙에는 광풍이 몰아치게 될지도 모른다.

샤크가 이번 생에서는 최대한 부드럽게, 정말 사람 냄새 나도록 살고자 하지만, 그것은 흑룡이 모든 험한 일을 대신해 줄 것이라 기대하기에 가능한 일.

흑룡은 거칠기로 따지면 광협 백룡보다 한술 더 뜰 것이다. 백룡구타술이 아닌 흑룡구타술이 새롭게 창안되었으니까.

'벡쿠스! 네놈에게는 별 관심 없다. 그러나 내가 이곳의 비밀을 푼 이후에도 그곳에 계속 남아 있다면 너는 후회하

게 될 것이다.'

흑룡의 두 눈이 섬뜩하게 빛났다.

어쨌든 그것은 추후의 일. 흑룡은 이 지하의 비밀을 풀기 전에는 돌아갈 생각이 없었다. 벡쿠스가 제법 강력해 보이긴 하지만, 지금 그와 실랑이를 벌이는 것 따위는 흑룡의 흥미를 끌지 못했다.

'그래도 주시자의 눈을 펼쳐 두는 게 좋겠지.'

흑룡은 보물 상자들이 쌓여 있는 곳을 비롯해 몇 개의 방에 투명한 주시자의 눈을 배치해 두었다.

어쨌든 자신의 뒤를 추적하고 있는 적들의 동정을 살필 필요는 있기 때문이다.

'이 정도면 됐다.'

그는 마법진을 작동했다.

츠으으읏!

잠시 후 마법진을 타고 새로운 곳으로 이동한 흑룡은 어이없어하는 표정으로 주변을 살폈다.

끝없이 늘어진 방들…….

어둠을 뚫어 보는 그의 감각은 이곳에 도합 384개의 방이 있다는 것을 알려 주었다.

'여긴 또 뭔가?'

설마 또 관문은 아니겠지?

"나를 만날 자격을 증명해라."

아니나 다를까, 다시 관문을 통과하라는 음성이 들려왔다. 그것도 이제는 아주 짤막하게!

흑룡이 양손의 주먹을 말아 쥐었다.

'네 배씩 증가하고 있군. 뭐 하자는 수작이냐?'

24개의 관문을 통과하고 나니 96개의 방으로 이루어진 관문이 나타났고, 이제는 무려 384개나 방으로 이루어진 관문이 나타난 것이다.

누구라도 이런 상황이 되면 맥이 빠질 것이다. 관문을 포기하고 가자니 그렇고, 통과하자니 무려 384개의 방으로 이루어진 초거대 관문을 통과해야 한다.

그러나 흑룡은 담담히 웃었다. 아니, 그의 두 눈은 광기로 번뜩이고 있었다.

'네가 누군지 모르지만 끝까지 가주지.'

다른 이들에게는 번거롭고 귀찮고, 혹은 위험한 일이 되겠지만 흑룡에게는 빠르게 강해질 수 있는 절호의 기회였다.

'그러나 각오해야 할 것이다. 나를 이토록 번거롭게 만든 것에 대한 대가를 치러야 할 테니까.'

마검 혈월을 손에 쥔 흑룡의 두 눈에서 홍광이 번뜩였다. 그는 거침없이 새로운 관문 안으로 돌진했다.

짭짭! 우걱!

한편 폐허의 지하 계단 밑에 앉아 고기를 씹어 먹고 있는 거대한 체구의 카치카가 있었으니.

그는 다름 아닌 벡쿠스였다. 부하들에게는 지하의 방들을 수색하라 지시한 후 그는 무료하기도 해서 밖으로 나왔다가 계단 밑에 널브러져 있던 고기 조각들을 발견한 것이다.

"쩝! 이 고기는 뭔데 이렇게 맛있냐?"

본래 좀비들이 구워 먹고 있던 고기였다. 왠지 냄새가 남다르다 했지만 무시했는데, 막상 먹어 보니 그 맛이 아주 기막힌 것이었다.

게다가 고기를 씹을수록 이상하게 몸에 힘이 났다. 마치 한잠 푹 자고 일어난 것처럼 몸도 개운했다.

쩝쩝! 냠냠냠!

그래서 그는 작정하고 주저앉아 고기 조각들을 연신 입에 쑤셔 넣고 있었다.

아쉬운 것은 고기 조각들이 얼마 남지 않았다는 것!

이제 대략 십여 점만 남아 있을 뿐이었다.

"그것참, 다른 고기에는 이런 감칠맛이 없었는데."

지금껏 그가 고기를 한두 번 먹어 봤겠는가. 그러나 그가 먹었던 어떤 고기에서도 이와 같이 특이한 맛과 기운을 회복시켜주는 효력은 느껴 보지 못했다.

'최대한 아껴 먹어야겠다.'

그는 십여 점밖에 남지 않은 고기들을 아쉽게 바라보며 또 한 점의 고기를 입에 쏙 넣었다.

사르르. 녹는다.

그는 눈을 감고 맛을 음미했다. 그리고 서서히 고기를 씹었다.

쩝쩝! 오물오물!

"벡쿠스 님!"

그때 누군가 그를 불렀다. 다름 아닌 마법사 베스터였다.

"뭐냐? 마법진을 찾아내지 못하면 나올 생각을 하지 말라 했지 않았느냐?"

벡쿠스가 미간을 확 좁혔다. 맛 좋은 고기를 먹는 데 방해를 받으니 기분이 상한 것이다. 베스터가 다급히 말했다.

"마법진을 찾았습니다."

"정말이냐?"

"예, 새로운 공간으로 통하는 마법진이 분명합니다."

그들은 짐작도 못 하고 있지만 공교롭게도 흑룡이 새로운 초거대 관문으로 이동한 순간, 본래 그가 있던 96개의 방으로 이루어진 관문으로 이동할 수 있는 마법진이 다시 생겨났다.

베스터가 즉각 그것을 발견한 후 벡쿠스에게 보고를 한 것이다. 그는 왠지 맛있어 보이는 고기를 음미하듯 먹고 있는 벡쿠스를 부럽다는 듯 쳐다봤다.

그러자 벡쿠스가 잠시 고심하는 듯하더니 고기 한 점을 집어 내밀었다.

"크큭, 옛다! 고생했으니 특별히 너도 한 점 먹게 해 주겠다."

"케켓! 감사합니다."

베스터는 사양하지 않고 덥석 받아 씹었다.

우걱! 짭……!

순간 그는 두 눈을 부릅떴다.

'이렇게 맛있는 고기가 있다니!'

몇 번 씹지도 않았는데 목구멍으로 스며들 듯 사라져 버렸다.

'꿀꺽! 이, 이거 맛이 죽이는걸.'

그런데 단순히 맛이 문제가 아니었다.

갑자기 전신에서 기운이 솟았으니!

방금 전까지 어두컴컴한 지하 방들을 수색하느라 기운이 빠져 있었는데, 이상하게도 고기를 먹은 순간 체력이 회복되었다.

'흐음?'

베스터는 즉각 고기에 뭔가 비밀이 있다는 사실을 간파했다. 벡쿠스가 키득 웃었다.

"어떠냐? 아주 기막힌 맛 아니냐?"

"예. 고기에 특별한 마법이 부여되어 있군요."

그러자 벡쿠스가 두 눈을 휘둥그레 떴다.

"뭐? 마법?"

"그렇습니다. 고기를 섭취 시 일정 시간 동안 체력이 회복되게 만드는 마법을 누군가 부여했습니다. 고기 맛이 유달리 좋은 것도 그 때문입니다."

"오오! 그거 아주 유용한 마법이로군. 그럼 베스터 너도 마법사이니 당연히 할 수 있겠구나."

"그게 저로서는 쉽지……."

쿠웅!

순간 벡쿠스가 할버드를 바닥에 내리찍었다.

으지지직—

할버드의 위력에 땅바닥이 갈라졌다.

"베, 벡쿠스님! 왜 갑자기?"

베스터는 흠칫 몸을 떨었다. 그러자 벡쿠스가 잡아먹을
듯 사나운 눈빛으로 쏘아보며 말했다.

"할 수 있느냐? 없느냐? 둘 중 하나만 대답해라."

그러니까 다른 말은 필요 없다는 뜻이다. 베스터는 눈치
를 보며 물었다.

"하, 할 수 없으면 어떻게 됩니까?"

"죽어야지. 그런 것도 못하는 마법사를 어디다 써먹겠느
냐?"

"하, 할 수 있습니다."

"크큭! 좋아. 앞으로 기대하겠다."

"예."

"그럼 새로운 마법진이 있는 곳으로 날 안내해라."

"저를 따라오십시오."

벡쿠스를 안내해 다시 지하 공간으로 이동하는 베스터의
인상은 울상이 되어 있었다.

'으, 망할! 내가 쓸데없는 소리를 했어.'

입이 방정이라고 하지 말아야 할 소리를 했던 것이다.

사실 요리에 특별한 효력을 부여하는 능력은 마법의 문외한이 볼 때는 별것 아닌 것처럼 여길 수 있지만, 무척이나 난해한 것이었다. 베스터로서는 엄두도 내지 못하는 특별한 연금술의 영역인 것이다.

그러나 무식하기 이를 데 없으며 집착에 있어서는 하늘을 찌르는 벡쿠스에게 그와 같은 이유는 그저 변명에 불과할 뿐이었다.

베스터는 이제 맞아 죽지 않으려면 수단과 방법을 가리지 않고 요리에 수작을 부려 놓아야 할 것이다.

'이제 어쩌지? 에라, 모르겠다.'

그가 가진 미천한 연금술적인 지식으로는 엄두도 낼 수 없는 일이지만, 머리를 쥐어짜서라도 엇비슷한 효과를 낼 수 있도록 온갖 시도를 해 보기로 했다.

잠시 후 그들은 베스터가 찾아낸 새로운 마법진 앞에 섰다.

"마법진을 발동해라."

"예."

마법진의 원리는 앞의 것과 비슷한 방식이었기에 베스터는 어렵지 않게 그것을 발동시켰다.

츠으으읏!

곧바로 벡쿠스 등은 흑룡이 통과했던 96개의 방으로 이루어진 지하 관문으로 이동했다.

"오오! 이곳은 훨씬 넓은 공간입니다."

베스터는 탄성을 질렀다. 벡쿠스는 주위를 노려보며 인상을 썼다.

"멀뚱히 서 있지 말고 빨리들 움직여 찾아라. 그놈이 분명 저 방들 중 어딘가에 있을 것이다."

"예."

그리바를 비롯한 백부장들, 그리고 추가로 투입된 십부장급 지휘관들이 바람처럼 각각의 방으로 흩어졌다.

그러다 그들은 그중 가장 막다른 곳에 위치한 방에서 보물 상자들을 잔뜩 찾아냈다.

"케켓! 보물 상자들을 발견했습니다!"

"보십시오. 안에 포션과 돈이 잔뜩 들어 있습니다."

그러자 벡쿠스가 즉시 그곳으로 달려갔다.

다른 방들에 비해 대략 십여 배 정도는 되는 널찍한 공간. 한쪽에 각종 알 수 없는 재질로 만들어진 보물 상자들이 잔뜩 쌓여 있었다.

보물들을 확인한 벡쿠스는 만면에 미소를 지었다.

"잘했다. 그런데 그놈은 못 찾았느냐?"

"예, 샅샅이 뒤졌지만 보이지 않습니다."

"그렇다면 마법진을 찾아라. 분명 이곳에도 어딘가 다른 곳으로 통하는 마법진이 숨겨져 있을 것이다."

"예."

벡쿠스는 집요했다. 적지 않은 보물을 발견했지만 그것만으로 그는 만족하지 않았다. 물론 이곳이 어쩌면 고대 르메스 대륙의 드래곤이 숨겨 둔 보물 창고일지도 모른다는 베스터의 말 때문이었다.

"앗, 이럴 수가!"

그때 베스터가 뭔가를 발견했는지 깜짝 놀라 외쳤다. 그는 그사이 벡쿠스의 명령에 의해 보물 상자들의 물건을 자루에 담아 챙기는 임무를 수행하고 있었다.

"무슨 일이냐, 베스터?"

"상자 하나가 비어 있습니다."

"뭣이?"

벡쿠스가 힐끗 고개를 돌려 쳐다보니 90여 개의 상자 중에서 가장 크고 화려해 보이는 상자가 아닌가?

언뜻 봐도 엄청난 보물이 들어 있을 것 같은 상자였다.

이에 분노한 그는 즉시 관문을 수색하던 부하들을 한자

리로 소집했다.

"으득! 어떤 놈이냐? 감히 누가 상자의 보물을 챙겼느냐? 좋게 말할 때 말해라."

"저희는 아닙니다."

"그건 처음부터 빈 상자였습니다."

그들의 몸에서 별다른 수상한 흔적을 발견하지 못한 벡쿠스는 인상을 구겼다.

"그렇다면 그놈인가?"

베스터가 고개를 끄덕였다.

"틀림없습니다. 그놈이 훔쳐갔을 것입니다."

"망할! 역시 그렇군. 대체 어떤 놈인지 모르지만 잡히면 가만두지 않겠다. 제길! 내 보물을 훔쳐 가다니."

벡쿠스는 이를 갈았다. 그는 마치 이 보물 상자들이 애초부터 자신의 것이었던 것처럼, 그중 하나에서 보물이 사라진 것을 아쉬워하고 있었다.

그러자 백부장 그리바가 히죽 웃으며 말했다.

"케헷! 그래 봤자 포션 한 병과 금화 약간일 뿐일 테니 너무 마음 쓰지 마시지요."

"크하하하! 물론이다. 염려 마라. 나 벡쿠스가 그깟 포션 하나 사라졌다고 무슨 신경을 쓰겠느냐?"

"케케켓! 역시 통이 크시군요."

그런데 그때였다. 마법사 베스터가 눈을 날카롭게 빛내며 말했다.

"글쎄요. 저 상자의 규모로 보건대 포션이나 금화 따위가 아닌 무척 진귀한 보물이 들어 있었을 것입니다."

"무척 진귀한 보물?"

벡쿠스의 두 눈이 휘둥그레 커지자 베스터의 입가에 미소가 맺혔다.

"이를테면 마법 장비 같은 것 말입니다. 어쩌면 마검이나 신검과 같은 엄청난 무기일 수도 있습니다."

"마검이나 신검?"

"틀림없습니다. 보십시오. 이 상자 안에 감도는 심상치 않은 냉기가 그것을 증명합니다."

"으으, 제길!"

베스터의 말을 듣자 벡쿠스는 울화통이 터졌다.

"으득! 제기랄! 당장 찾아라."

"예?"

"그러니까 찾으란 말이다! 그놈을 반드시 찾아낸 후 보검을 회수해라. 못하면 네놈의 목을 뎅겅 잘라 버릴 것이다."

쿠웅!

벡쿠스는 할버드를 내리찍었다. 바닥이 쩍 갈라졌다.

'허억! 괜히 말했나.'

베스터는 움찔하며 뒤로 물러났다. 벡쿠스가 성난 오우거처럼 씩씩거리며 외쳤다.

"으득! 뭣들 하느냐? 모두 눈을 부릅뜨고 마법진을 찾아라. 그놈이 훔쳐 간 보검을 회수하기 전까지 모두에게 식량 배급은 없다!"

"옛!"

백부장들을 비롯한 카치카들이 울상을 지으며 관문 사방으로 흩어졌다. 그들은 모두 베스터를 째려보는 것을 잊지 않았다.

'망할! 저 미친 주둥이 같으니!'

'크흑! 저 마법사 놈은 누가 좀 안 잡아가나.'

'항상 저놈의 입이 문제라고!'

'콱 좀 뒈져라!'

그러고 보면 베스터가 입만 열면 일이 많아졌다.

애초에 이곳으로 들어오는 마법진을 발견한 것이야 그렇다 치지만, 그가 이곳에 고대 드래곤의 보물이 숨겨져 있을 것이란 말만 하지 않았어도 그들이 이런 이상한 지하 공간을 수색할 일도 없었을 것이다.

게다가 보물 상자도 그렇다.

90여 개의 보물 상자 중에 하나가 비어 있긴 했지만, 베스터가 그 안에 엄청난 보물이 들어 있었을 것이라는 말만 하지 않았어도 벡쿠스는 그냥 그러려니 넘어갔을 것이다.

그런데 보통의 보검도 아닌, 마검이나 신검이 들어 있었을지 모른다는 말을 하니 벡쿠스가 울화통이 터져 저리 날뛰는 것은 당연한 일이었다.

그렇게 백부장들을 비롯해 다른 모든 카치카들의 뾰족한 시선이 자신에게 향하고 있음을 베스터도 눈치채고는 움찔했다.

그러나 그들이 군이 그런 시선을 보내지 않아도 베스터는 스스로 또 입방정을 떨었음을 알고 후회 중이었다.

'이놈의 입을 꿰매 버리든지 해야지, 으흑!'

그가 입을 열지 않았다면 여러모로 편했을 것이다. 지금쯤 수색을 마치고 복귀해 모두들 편안하게 휴식을 취하고 있을지도 모른다.

그러나 그가 쓸데없는 입방정을 떤 탓에 당분간 복귀는 요원해 보였다.

베스터는 두 번 다시 뭔가를 아는 척하지 말겠다고 다짐했다. 특히 벡쿠스 앞에서는.

'그나저나 저 지랄맞은 놈은 누가 좀 안 잡아가나.'

베스터는 성질 더러운 벡쿠스를 제발 좀 누가 잡아가 줬
으면 했다. 어쩔 수 없이 그의 참모급 마법사가 되어 따라
다니고는 있지만, 하루도 빠짐없이 구박을 받는 통에 사는
게 사는 것 같지 않았던 것이다.

'에라! 돈이나 담자.'

그의 임무는 보물 상자 안을 분류한 후 들고 가기 좋게
자루에 담는 일이었다.

와르르!

그는 보물 상자에서 포션을 꺼낸 후 그것을 뒤집어 금화
를 신경질적으로 쏟아부었다.

쨍그랑—

'허억!'

포션을 한 병 꺼냈으니 이제 금화만 있을 거라 생각해 바
닥에 쏟았는데, 뜻밖에도 뭔가가 깨지는 소리가 났다. 또
한 병의 포션이었다.

그것도 백색의 신비한 액체가 담긴 포션!

"뭐냐?"

벡쿠스가 고개를 홱 돌려 베스터를 잡아먹을 듯 노려보
고 있었다.

Chapter 11

드래곤 루켈다스

"뭐가 깨진 거냐? 이리 가져와 봐라."

"벼, 별거 아닙니다. 그냥 포션 한 병 깨졌습니다."

베스터는 당혹스러워하며 대답했다. 벡쿠스가 인상을 썼다.

"닥쳐라! 포션 한 병이 얼마나 비싼데 별거 아니라는 거냐?"

아깐 포션 하나 정도는 아무것도 아니라고 하더니, 지금은 그것을 깨뜨렸다고 해머 같은 주먹을 말아 쥐는 벡쿠스였다. 베스터는 시무룩한 표정으로 머리를 숙였다.

"죄송합니다. 주의하겠습니다."

"이번 한 번은 넘어간다. 하지만 또다시 그런 일이 벌어지면 네놈의 보수에서 깔 것이다."

"예."

베스터는 속으로 안도의 한숨을 내쉬었다.

'휴! 살았다.'

방금 그가 깨뜨린 것은 보통의 회복 포션이 아니었던 것이다.

신비한 백색의 액체!

무슨 효력이 있는지는 몰라도 그는 마법사의 본능상 그것이 매우 희귀한 것임을 직감했다.

'대체 무슨 포션일까?'

베스터는 자신도 모르게 바닥으로 스며들고 있는 백색 액체를 손가락 끝으로 살짝 찍어 맛보았다.

'......!'

순간 그의 몸이 부르르 떨렸다.

'이럴 수가!'

소진된 마나가 대거 차오르는 것을 느꼈던 것이다.

그렇다면 설마 액체에 마나 회복의 효능이 있는 것일까?

그런데 그 정도가 아니었다.

전신을 진동하는 마나의 흐름! 이는 그가 가진 마나의 최대치가 상승했음을 의미했다.

'오오!'

어찌 약간 찍어 먹은 것만으로도 이런 엄청난 효능이!

망설일 때가 아니었다.

이대로라면 저 백색 액체는 바닥에 스며들어 모두 사라지고 말 것이다.

일생에 두 번 다시 오지 않을 기회를 이렇게 놓칠 것인가?

'그럴 순 없지.'

그는 즉각 입을 바닥에 대고 백색 액체를 핥아 먹기 시작했다.

삭삭! 찹찹—

그러자 멀리서 수북하게 쌓인 금화를 만지작거리며 키득거리고 있던 벡쿠스가 어이없어하는 표정으로 베스터를 쳐다봤다.

"지금 뭐하는 짓이냐, 베스터?"

"아까워서 그렇습니다. 피 같은 회복 포션이 그냥 사라지고 있어서…… 찹찹!"

"크큭! 아무리 그렇다고 바닥에 혀를 대고 개처럼 핥아먹는다는 말이냐?"

"케케켓……! 죄송합니다."

베스터는 말을 하는 와중에도 정신없이 액체를 핥아 먹었다. 그 모습에 벡쿠스뿐 아니라 다른 카치카들도 인상을 찌푸렸다.

'저런 채신머리없는 놈!'

'아무리 포션이 귀해도 그렇지, 어찌 바닥에 떨어진 걸 핥아 먹는 건가?'

그러나 그들이 어찌 알겠는가.

지금 베스터에게는 천고에 다시없는 기연이 펼쳐지고 있음을 말이다.

그들이 보통의 포션이라 생각하고 있는 그 액체!

그것은 사실 포션이 아니었다.

'영약이군!'

그 같은 사실을 알아챈 이는 물론 흑룡이었다.

그는 새로운 관문에 나타난 수많은 언데드 몬스터들과 싸우는 도중에도 주시자의 눈들이 보여 주는 장면을 통해 벡쿠스 일당이 무슨 짓을 벌이는지 모두 지켜보는 중이었다.

따라서 현재 베스터가 백색 액체를 먹고 뭔가 변화를 얻게 되었다는 사실을 단번에 눈치챘다.

'저 베스터란 녀석의 눈빛이 강렬해지고 있는 걸 보면 마나가 급격히 증가하고 있는 게 분명해. 저 액체가 무슨

공청석유쯤은 되는가 보군.'

흑룡은 살짝 탄식했다. 그는 사실 언데드들의 마기를 섭취하며 강해지는 데만 관심을 두었지 보물 상자들에는 별다른 관심을 두지 않았다.

그저 마지막 보물 상자의 크기가 유독 크고 화려하다 보니 그것을 열어 마검 혈월을 챙겼을 뿐이다.

그런데 무림에서도 전설급의 영약이라 할 수 있는 공청석유와 흡사한 효능을 가진 물약이 들어 있었을 줄이야.

그런 줄 알았다면 흑룡이 진작 보물 상자들을 뒤져 그것을 챙겼을 것이다.

'이제부터는 보물 상자를 꼼꼼하게 살펴봐야겠어.'

흑룡은 문득 심통 난 표정을 지었다.

'그보다 감히 나의 것을 훔쳐 먹다니 간덩이가 부었구나.'

사실 벡쿠스는 보물 상자들이 자신의 것이라 우기고 있지만, 엄연히 그것들의 주인은 흑룡이었다. 흑룡이 뼈 빠져라 언데드들을 해치우고 관문을 통과해 얻은 보물 상자인 것이다.

그런데 그것을 감히 허락도 없이 건드렸을 뿐만 아니라, 가히 공청석유와 맞먹는 영약까지 꿀꺽했으니, 흑룡이 어찌 분노하지 않겠는가.

사실 이 상황은 샤크도 알고 있지만, 그는 별 신경도 쓰지 않았다.

공청석유가 아니라 그보다 비할 수 없이 귀한 영약이라 할지라도 그에게는 별로 대단한 것이 아니었다.

만상무극심법이 가지는 능력 자체가 그런 영약을 평생 복용하는 것보다 더 강력하기 때문이다.

즉, 다시 말해 이 상황에서 저보다 더 엄청난 영약을 복용한다 해도 그에겐 별반 소용이 없다는 뜻이다. 그는 매일 영약을 복용하는 것보다 더 빠른 속도로 강해지고 있는 것이다.

그리고 엄밀히 말하면 저 액체는 공청석유에 비교될 것은 아니었다.

그것이 공청석유라면 한 방울을 핥아 마시는 것만으로도 엄청난 마나를 얻게 되었을 테니 말이다.

딱 봐도 영약 중에서도 하급 영약 정도에 불과할 뿐이니, 베스터가 운 좋게 그것 하나 먹었다고 배 아파하거나 할 샤크가 아니었다.

그러나 흑룡은 샤크처럼 너그럽지 못했다.

좀비 특유의 거친 성격 때문이었다.

사실 그가 가진 만상암흑심법의 위력은 단기간 특히 초

기만 따져 보면 만상무극심법을 능가하는 위력이 있기에, 심지어 백색 액체가 공청석유라 할지라도 아쉬워할 이유는 없었다.

특히 좀비의 사체를 뜯어 먹는 것만으로도 그는 그 못지 않은 강력한 효능을 얻을 수 있었다. 도처에서 덤벼드는 언데드들이 그에게는 영약이나 마찬가지인 것이다.

그러나 그건 그거고 이건 이거다.

흑룡은 감히 자신의 물건을 건드린 벡쿠스 일당이 못마땅했다. 관문 통과만 아니라면 당장이라도 위로 올라가 그들을 패대기치고 말았을 것이다.

'이번 관문을 해결한 후에는 저놈들부터 손을 봐줘야겠다.'

그렇게 속 좁은 좀비 흑룡이 그들을 노리고 있다는 사실을 벡쿠스 등은 꿈에도 짐작하지 못했다. 특히 베스터는 바닥에 쏟아진 백색 액체를 마지막 한 방울까지 핥아 먹느라 여념이 없었다.

벡쿠스를 비롯한 다른 카치카들이 그를 경멸하듯 바라보고 있었지만 베스터는 터져 나오는 웃음을 참느라 죽을 지경이었다.

'크흐흐, 이 엄청난 마나의 기운이라니!'

놀랍게도 그가 몇 년은 죽도록 수련해야 얻을 수 있는 엄청난 마나의 기운을 단번에 얻었다.

그러나 그것이 다가 아님을 그는 잘 알고 있었다.

아직 체내에 용해되지 못한 액체의 기운이 남아 있기 때문이다. 그리고 그것이 모두 마나의 기운으로 흡수되려면 시간이 필요했다.

짧으면 며칠, 길게는 한 달 정도.

그 시간이 지나면 그는 최소 10년을 죽도록 수련해야 얻을 수 있는 마나를 얻게 될 것이다.

그렇게 되면 지금보다 가히 몇 배의 위력을 내는 상급 마법을 펼칠 수 있게 될 것이니 그가 어찌 신나지 않겠는가.

그런데 그가 간과한 것이 하나 있었다.

마스터급 검사인 벡쿠스가 가진 기감이 그의 체내에서 일어난 수상한 변화를 감지했다는 사실을.

"베스터!"

"……!"

순간 베스터는 움찔했다. 그는 본능적으로 벡쿠스가 뭔가를 눈치챘음을 느꼈다.

그렇다. 벡쿠스가 누구인가. 무력으로만 따지면 드래곤들도 무시하지 못할 만큼 강력한 존재가 바로 그인 것이다.

그런 그가 만일 베스터가 기연을 얻었다는 사실을 알게 되면 어떻게 될까?

특히 그는 누구보다 탐욕스럽고 집착이 강했다.

아니나 다를까, 이미 벡쿠스의 두 눈은 뾰족하게 변해 베스터를 잡아먹을 듯 노려보고 있었다.

"너, 잠깐 이리 와봐라."

벡쿠스의 음성은 착 가라앉아 있었다. 베스터는 몸을 떨었다.

'끄, 끝장이다.'

베스터는 그 누구보다 벡쿠스에 대해 잘 알고 있었다. 백색 액체가 그토록 귀한 영약이란 사실을 알게 되면 벡쿠스는 베스터를 가만 놔두지 않을 것이다.

심지어 그것을 베스터가 삼켜 놀라운 기연을 얻었다는 것을 알게 된다면, 벡쿠스는 홧김에 당장 그의 목을 잘라 죽이는 것은 물론이요, 피를 몽땅 마셔버리고도 남을 자였다.

'그건 안 돼! 순순히 당할 수는 없어.'

예전 같았다면 이 같은 상황에서 그저 절망에 빠졌을 베스터였다. 그는 그냥 울면서 벡쿠스에게 걸어가 죽임을 당했을 것이다.

그러나 이대로 죽기는 억울했다. 며칠만 버티면 이전보다 몇 배는 강해질 수 있는데, 여기서 허무하게 죽을 수는 없는 것이다.

'며으랏와흐캇……!'

베스터는 고개를 숙인 그대로 주문을 외웠다. 물론 한 손으로는 마법 스태프를 쥐는 것을 잊지 않았다.

츠으! 화륵—

순간 스태프의 끝에서 검붉은 불덩이가 생성되더니 그것이 그대로 벡쿠스를 향해 날아갔다.

화르르르!

난데없이 화염구가 날아오자 벡쿠스는 어이가 없는지 멍한 표정을 지었다.

"베스터, 너 미쳤느냐?"

"케케! 미쳤다, 이 망할 놈아. 내가 언제까지 네놈의 밑에서 뒤치다꺼리나 하고 있을 거라 생각했느냐?"

그 말과 함께 베스터는 또 하나의 화염구를 벡쿠스에게 날렸다.

화르르르—

이번에는 좀 전보다 훨씬 거대한 것이었다.

'흐흐, 좋아.'

이토록 빠르게 마법을 연사할 수 있다니, 그것도 지금 날리는 화염구는 그가 가진 마법 중 가장 파괴력이 강한 염화의 불꽃이었다.

베스터는 스스로 생각해도 신기했다. 본래라면 불가능한 일이었다. 모두 방금 전 복용한 하얀 액체 때문에 마나가 급증한 덕분이었다.

'한 방 더!'

화르르!

베스터는 연거푸 세 번의 화염구를 날리는 데까지 성공했다.

마나의 기운으로 뭉친 화염구의 위력은 오러 못지않은 위력을 발휘하기에 저 중 하나만 적중해도 벡쿠스는 상당한 부상을 면치 못할 것이다.

그러나 벡쿠스는 마치 장난처럼 그것들을 피해 버렸다.

쾅! 콰쾅!

화염구는 보물 상자들이 있는 곳에 작렬했고, 그곳에서 시뻘건 불꽃이 일어났다. 보물 상자들이 타오르고 포션 병들이 터지는 등 난리가 벌어졌다.

그 장면을 본 벡쿠스의 두 눈이 뒤집혔다.

"으득! 이놈이 감히!"

벡쿠스의 섬뜩한 눈빛을 본 순간 베스터는 간이 오그라드는 것 같았다.

'마, 망할!'

일이 점점 커지고 있었다.

이제 베스터가 손발이 닳도록 빈다 해도 살아날 가능성은 일말도 존재하지 않을 것이다.

그러나 어차피 베스터는 벡쿠스에게 빌 생각은 없었다.

그사이 그는 마법진을 작동해 공간 이동을 하는 데 성공했던 것이다.

'케케! 됐다.'

24개의 방으로 이루어진 지하 공간. 그곳에 도착한 즉시 그는 마법을 연사해 마법진을 파괴해 버렸다.

콰아아앙!

그로써 갖가지 기괴한 도형으로 이루어졌던 검붉은 마법진이 흔적도 없이 사라졌다.

'벡쿠스 네놈은 당분간 그 안에서 나오지 못할 것이다.'

사실 마법진을 군이 파괴하지 않았어도 마법사인 베스터가 없으면 벡쿠스는 밖으로 나오지 못한다. 그는 물론이고 그의 부하들인 백부장들도 모두 마법에 문외한들이기 때문이다.

그래도 혹시 몰라 베스터는 마법진을 완전히 파괴해 버렸다. 그리고 나서야 비로소 안도의 한숨을 내쉬었다.

'케케! 일단은 살았구나.'

그러나 벡쿠스의 소식이 끊어지면 드래곤 루켈다스가 그것을 수상히 여겨 조만간 이곳을 찾아올 것이다.

'그가 나타나기 전에 속히 이곳을 떠나야 해.'

마법의 조종이라 불리는 드래곤의 능력이라면 벡쿠스 등을 그 기괴한 지하 공간에서 빼내오는 것은 어려운 일이 아니리라.

그리고 그때 베스터에게는 아주 끔찍한 재앙이 벌어지게 될 것이다.

'아무도 찾을 수 없는 곳으로 간다.'

베스터는 설사 루켈다스라 해도 찾을 수 없는 오지로 도주하려 했다.

'서둘러야 해.'

이미 일은 저질렀다. 이제 후회는 해 봐야 소용없다.

아마 잡히면 곱게 죽지도 못할 것이다.

무조건 도주만이 살길이리라!

츠으으읏!

곧바로 다시 마법진을 타고 폐허의 바로 밑에 위치한 방으로 이동한 베스터는 그곳의 마법진 또한 파괴해 버렸다.

'혹시 모르니 이것도 없애버리는 게 좋겠지.'

그렇게 모든 마법진을 파괴한 그는 지하 계단을 따라 폐허의 지상으로 올라갔다.

그곳엔 십부장들을 비롯한 벡쿠스의 정예 부하들이 대기하고 있지만, 베스터의 서열이 그들보다 높기에 상관없었다.

그들에겐 적당히 둘러댄 후 그는 다른 임무를 받았다며 그곳을 유유히 떠나면 되는 것이다.

그러나 계단을 올라 지상에 막 도착한 베스터는 뭔가 심상치 않은 분위기에 흠칫 놀랐다. 무엇 때문인지 카치카 병사들의 표정이 마치 석상처럼 굳어져 있었다.

그 이유를 아는 것은 어렵지 않았다.

그들의 앞에서 쪼그려 앉아 있는 한 인간 때문이었다.

신비로운 금발에 얼음처럼 투명한 피부를 가진 20대 청년.

'헉!'

그를 본 베스터는 두 눈을 부릅떴다. 그 청년이 누군지 그가 어찌 모르겠는가.

칼드 제국 제13군단의 군단장!

드래곤 루켈다스!

베스터는 순간 혼이 날아가는 것 같았다.

루켈다스의 몸에서 뿜어져 나오는 가공할 기세는 일개 카치카 마법사인 베스터가 감당할 수 있는 것이 아니었다.

게다가 지금 베스터는 엄청난 사고를 치고 도주하려던 찰나. 그 와중에 하필 루켈다스를 만났으니 어찌 제정신일 수 있겠는가.

'서, 설마……!'

설마 다 알고 온 것일까?

그럴 수도 있었다.

드래곤이라면 충분히 그럴 만한 능력이 있는 존재니까.

'크흑! 죽었구나.'

베스터는 눈물이 핑 돌았다. 정말 일생에 다시없을 기연을 얻었고, 그동안 벼르던 벡쿠스를 제대로 골탕 먹인 후 도주하는 쾌거도 달성했다.

이제야 좀 세상 살맛 난다고 생각했다.

그런데 그런 생각을 하자마자 드래곤이 나타났으니 역시 세상은 살 만한 곳은 아니었던 모양이다.

털썩!

베스터는 절망이 가득한 표정을 지으며 주저앉았다. 그

러자 루켈다스가 미간을 찡그리며 그를 노려봤다.

"쯧, 명색이 지휘관급 마법사란 놈이 그렇게 겁이 많아서야. 누가 보면 내가 널 죽이기라도 하려는 줄 알겠구나."

"……!"

루켈다스 특유의 퉁명스러운 음성이었다. 그러나 베스터는 순간 정신이 번쩍 들었다.

'아직 모르는 걸까?'

믿기지 않는 상황이지만 그럴 것이다. 베스터는 루켈다스의 성격을 잘 알고 있었다.

'하긴 내가 벌인 일을 저자가 알았다면 당장 날 쳐 죽이고도 남았겠지.'

천만다행히도 루켈다스는 아직 베스터가 벡쿠스에게 하극상을 벌인 사실을 모르고 있었던 것이다. 베스터는 정신을 바짝 차리기로 했다.

곧바로 그는 공손히 허리를 숙이며 말했다.

"죄, 죄송합니다. 위대하신 분이시여."

"시끄럽다. 벡쿠스는 지금 어디 있느냐?"

"폐허 지하를 수색 중입니다."

"수색이라고? 저 아래 뭔가 수상한 것들이라도 있다는 건가?"

"예. 정체를 알 수 없는 방들이 많이 있어서……."

그러자 루켈다스가 미간을 찌푸렸다.

"벡쿠스! 이 얼빠진 놈 같으니! 정작 잡으라는 놈은 다른 곳으로 달아났는데 쓸데없이 고대의 무덤이나 뒤지고 있었던 건가?"

"무덤이라고요?"

이곳이 무덤이었다는 말인가? 그것은 베스터로서도 모르는 사실이었다.

"아트리아 숲의 폐허들은 대부분 고대 르메스 대륙을 장악했던 거신들의 무덤이라 할 수 있다."

거신(巨神)들이라니!

이 또한 베스터는 처음 듣는 얘기였다. 대체 거신들은 또 누구인가? 그러나 루켈다스는 그런 것까지 친절하게 설명해 줄 착한 드래곤이 아니었다.

그는 냉랭한 미소를 흘리며 말했다.

"물론 뒤져봤자 쓸 만한 보물은 거의 없을 것이다. 그 후로 아득한 세월이 흘렀는데 탐욕심 강한 트레저 헌터들이 가만 놔두었을 리가 없지 않겠느냐? 다시 말해 벡쿠스 놈은 지금 헛물을 켜고 있다는 뜻이다."

"예. 그렇군요."

베스터는 자신도 모르게 저 아래 보물 상자들이 꽤 나오고 있다는 말을 하려다 참았다. 그리고 알 수 없는 관문들이 계속 이어지고 있다는 사실도 말이다.

그러나 그 말을 했다간 루켈다스가 즉시 폐허로 내려가 그것을 살펴볼 것이다. 그 즉시 베스터가 벌인 하극상의 소행이 드러날 것이고, 그 이후에 어떤 끔찍한 일이 벌어질지는 굳이 상상하지 않아도 뻔했다.

그런데도 그는 보물 상자 얘기를 할 뻔했던 것이다.

'휴! 큰일 날 뻔했다.'

천만다행히도 그는 입방정을 떠는 걸 참을 수 있었다.

그때 루켈다스가 차갑게 웃으며 말을 이었다.

"그리고 너희들이 쓸데없이 이곳에서 시간을 죽이고 있는 사이 그놈은 유유히 도주하고 있다."

루켈다스의 미소를 본 베스터는 심장이 철렁 내려앉는 듯했다. 그가 저런 미소를 보인 후에는 광기가 폭발하곤 했기 때문이다.

다시 말해 지금 루켈다스는 기분이 몹시 좋지 않다는 것을 의미했다. 인간이나 카치카들이라면 방방 날뛰고도 남을 만큼 화가 머리끝까지 치솟은 상태인 것이다.

그러나 드래곤 특유의 괴상한 성향 때문인지, 그는 화가 나면 날수록 입가에 미소가 짙어지곤 했다. 그는 손바닥을 내보이며 말을 이었다.

"바로 이런 걸 여기에 뿌려 놓고 말이지."

루켈다스의 손에는 투명한 발광체들이 십여 개 놓여 있었다. 워낙 투명해서 자세히 보지 않으면 그곳에 그것들이 있다는 사실을 모를 정도였다.

"그게 뭡니까요?"

"감시 마법의 일종이다. 그놈은 이런 걸 여기에 뿌려 놓고 너희들의 움직임을 손바닥 보듯 보고 있었다. 그런데도 명색이 마법사란 놈이 이따위 간단한 마법 하나도 탐지하지 못했다는 것이냐?"

베스터를 노려보는 루켈다스의 두 눈에서 금빛의 광채가 번쩍였다.

'주, 죽었구나.'

드디어 루켈다스의 분노가 폭발한 것인가. 베스터는 꼼짝없이 죽었다는 생각에 눈을 감았다. 루켈다스의 우악스러운 손이 자신의 머리를 박살 내는 장면을 보고 싶지 않아서였다.

스으으!

아니나 다를까, 베스터가 눈을 감는 순간 눈처럼 창백한 손이 그의 머리를 향해 다가왔다. 마치 뱀처럼 부드럽게 날아든 그 손은 베스터의 머리 앞에서 거대하게 변했다.

"이제 네가 왜 죽어야 하는지 알았을 것이다. 쓸모없는 마법사 놈!"

정말로 루켈다스는 베스터의 머리를 으깨 버릴 생각이었던 것이다. 다만 죽이기 전에 그는 항상 대상이 무엇 때문에 죽어야 하는지 친절하게 설명을 해 주는 방침이 있었다.

물론 그것이 친절한 것인지 잔인한 것인지 모르지만, 그는 그런 방침을 어긴 적이 없었다.

그래서 지금도 그 방침대로 베스터가 죽을 이유를 설명해 줬고 그것을 실행에 옮기려 했다.

"……!"

그런데 막 베스터의 머리를 움켜쥐고 힘을 주려던 그의 손이 무엇 때문인지 다시 본래의 크기로 돌아왔다.

"흠, 너의 몸에 갑자기 마나가 급증했구나. 게다가 아직 용해되지 않은 기운도 남아 있어."

베스터는 흠칫했다. 루켈다스가 단번에 자신의 상태를 알아본 것이다. 하긴 그를 속일 수 있다는 기대는 하지도 않았지만.

"베스터! 네게 무슨 일이 있었던 건지 설명해 보겠느냐?"

방금 전과 달리 루켈다스의 입가에는 부드러운 미소가 걸려 있었다. 그러나 그의 눈빛은 냉랭하게 베스터의 눈을 쏘아봤다.

　"실은 포션 때문입니다."

　베스터는 체념 어린 표정으로 대답했다. 여기서 거짓말을 했다간 그대로 머리가 박살 나게 될 것이다. 물론 사실을 말한다고 해서 살아남을 가능성은 없어 보이지만, 루켈다스의 섬뜩한 눈빛 앞에서 더 이상 거짓말을 할 용기도 없었다.

　"포션이라고?"

　"예. 지하의 보물 상자에서 나온 포션이 저의 부주의로 깨졌는데, 무심코 그것을 핥아 먹었더니 마나가 늘어났습니다."

　"보물 상자라."

　표정만을 보면 루켈다스는 그다지 놀란 기색이 아니었다. 그는 베스터의 손목을 잡더니 조용히 말했다.

　"베스터! 너의 말이 거짓이면 너의 살은 갈가리 찢기고 뼈는 모조리 으스러져 버릴 것이다."

　"……!"

　베스터는 손목을 통해 스며드는 차가운 기운에 몸을 흠

칫 떨었다. 그러나 다행히 그의 몸에 별다른 이상은 생기지 않았다.

루켈다스가 두 눈을 크게 떴다.

"어라? 거짓말이 아니었군. 그렇다면 저 아래 정말로 보물 상자들이 있다는 것인데?"

"예, 그렇습니다."

베스터는 십년감수한 것 같았다. 그가 자칫 대충 둘러댔으면 방금 전 루켈다스의 마법에 의해 전신의 살이 갈가리 찢기고 뼈는 온통 으스러지는 끔찍한 저주를 받아 죽었을 것이다.

Chapter 12

샤크, 고심하다

루켈다스의 눈이 탐욕스레 빛났다.

"크크, 이거 놀랍군. 아트리아 숲에 트레저 헌터들이 미처 발견하지 못한 무덤이 아직도 남아 있었다니 말이야. 그렇다면 이곳을 다른 녀석들에게 빼앗길 수는 없지."

곧바로 그는 폐허의 주변을 향해 뭐라고 주문을 외웠다.

스스스스―

순간 폐허의 주변이 온통 백색의 안개로 뒤덮여 버렸다.

'결계를 이용해 이곳이 나의 소유라는 표시를 해 두었으니 다른 녀석들이 섣불리 접근하지 못할 것이다. 나와 싸우고자 한다면 모를까.'

그가 말하는 다른 녀석들은 물론 드래곤들이었다.

그를 비롯한 대부분의 드래곤들은 희귀한 보물을 수집하는 취미가 있었다.

따라서 이곳에 고대 거신의 무덤, 그것도 아직 발굴되지 않은 온전한 상태의 무덤이 있다는 사실을 다른 드래곤들이 알게 되면 난리가 날 것이다.

고대 거신의 무덤에는 드래곤들의 흥미를 자극할 만한 흥미로운 보물들이 잔뜩 있을 테니까.

루켈다스는 당장이라도 지하로 내려가 무덤을 샅샅이 뒤져 모든 보물을 챙기고 싶었지만 그 전에 한 가지 할 일이 있었다.

그는 자신의 한 손바닥에 가득 쥐어진 투명한 발광체들을 사납게 노려보았다.

'본래라면 이것들이 내게 탐지된 순간 그놈의 위치도 드러났어야 정상이다. 그런데 놈은 마치 나를 비웃듯 종적을 감춰 버렸다.'

언뜻 보면 단순하기 이를 데 없는 마법이었다.

그런데 발광체들을 자세히 관찰하면 할수록 루켈다스는 의혹에 휩싸였다.

'위력은 별것 없지만 이것을 이루는 기운은 나조차도 처

음 보는 것.'

드래곤인 그가 알지 못하는 기운이 존재하다니! 그것이 왠지 자존심 상하면서도 호기심이 들지 않을 수 없었다.

'이 기운의 정체는 그놈을 잡으면 자연스레 알게 되겠지.'

루켈다스는 여전히 석상처럼 굳어 있는 카치카 병사들을 향해 손짓을 하며 말했다.

"카치카들이여! 이제부터 나 루켈다스의 권능이 너희와 함께할 것이다."

루켈다스의 손에서 뻗어 나간 금빛의 휘광이 카치카들의 몸을 감싸는 순간 그들의 몸이 지면에서 살짝 위로 떠올랐다.

"사방으로 흩어져 놈을 찾아라."

"옛!"

카치카들은 바람 같은 속도로 흩어졌다.

'으! 저럴 수가!'

그 장면을 본 베스터는 전율에 휩싸였다.

손짓 한 번으로 카치카 병사들 모두에게 부유 질주 마법을 걸어 버린 존재!

역시 드래곤이었다.

베스터가 그 영약의 기운을 모두 흡수해 지금보다 몇 배 강해진다 해도 방금 전 루켈다스가 펼친 정도의 마법을 펼친다는 건 엄두도 못 낼 일이었다.

그때 루켈다스가 힐끗 그를 노려봤다.

"너 또한 어서 가서 놈을 찾지 않고 뭘 하느냐? 설마 마법사인 네 녀석에게까지 내가 부유 질주 마법을 걸어 줘야 하는 건가?"

"앗! 아닙니다."

베스터는 잽싸게 스스로의 몸에 부유 질주 마법을 걸었다. 그러자 그의 몸이 지면에서 살짝 떠올랐다.

"그럼 놈을 잡아 오겠습니다."

"이곳으로 돌아올 것 없다. 놈을 발견하면 섣불리 상대하지 말고 속으로 내 이름을 세 번만 불러라. 그럼 내가 알아서 그곳에 갈 것이다."

"예."

베스터는 정중히 고개를 숙여 대답했지만, 그의 얼굴은 당혹감으로 물들어 있었다.

'저 말은 내 몸에 변동 좌표를 찍어놨다는 뜻인데, 그러고 보니 아까 그것이 설마……?'

베스터는 아까 루켈다스가 그의 손을 잡았을 때를 떠올리고는 몸을 떨었다. 당시 이상한 냉기가 그의 몸속으로 파고들었었다.

'으으! 틀림없어. 그때 변동 좌표를 심어 둔 거야.'

좌표는 주로 공간 이동 마법을 펼칠 때 사용되는데, 크게 고정 좌표와 변동 좌표로 나뉜다.

고정 좌표는 말 그대로 특정 지점에 고정되어 있는 좌표로 대부분의 공간 이동 마법진은 고정 좌표를 사용한다. 베스터 역시 고정 좌표 마법진 정도는 만들 수 있었다.

그러나 변동 좌표는 움직이는 사물에 좌표를 지정해 두는 것으로, 그로 인해 좌표의 위치가 시시각각 변하게 되는데, 이것을 활용하는 건 어지간한 마스터급 마법사들조차 꿈도 못 꿀 일이었다.

말 그대로 꿈의 영역인 것이다.

그러나 드래곤들에게는 그것이 그리 어려운 일이 아니었다. 따라서 그들은 특정 대상에게 변동 좌표를 찍어 놓고 언제든 그 대상의 옆으로 이동하거나, 반대로 그 대상을 자신의 앞으로 소환도 가능했다.

그 사실을 떠올린 베스터의 안면은 다시 체념으로 물들고 말았다.

'크아! 망할! 나는 이제 정말 끝이구나.'

방금 전 부유 질주 마법을 펼침과 동시에 그는 이대로 도주할 계획이었던 것이다.

그러나 그의 몸에 루켈다스가 변동 좌표를 심어 놓은 이
상 그가 어디로 가든 루켈다스의 손아귀를 벗어날 수 없는
신세가 되고 말았다.

그때 루켈다스가 혀를 차며 싸늘히 외쳤다.

"쯧, 아직도 거기 서 있는 거냐? 너는 쓸데없는 생각이
너무 많구나. 원한다면 네가 더 이상 생각을 하지 않도록
만들어 줄 수 있다."

"헉! 용서를……."

생각을 하지 않도록 만들겠다는 건 베스터를 죽이거나
혹은 언데드와 같이 만들어 통제하겠다는 뜻이었다. 움찔
놀란 베스터는 잽싸게 이동했다.

그렇게 멀리 사라지는 베스터의 뒷모습을 보며 루켈다스
는 의미심장한 미소를 흘렸다.

'후후, 베스터 녀석이 기연을 얻었으니 잘 교육시키면
제법 쓸 만한 가디언이 되겠군.'

사실 변동 좌표를 심는 것은 드래곤이라 해도 꽤 부담되
는 일이었다. 마나 소모가 적지 않기 때문이다.

그럼에도 불구하고 굳이 베스터의 몸에 변동 좌표를 심
어 둔 이유는 그를 권속으로서 통제하기 위함이었다.

'베스터! 너는 이제 나에게 영원한 충성을 바치는 가디언이 되어야 한다.'

말이 가디언이지 사실상 종이라 할 수 있었다.

따라서 일단 충성심이 강해야 한다.

그러나 충성심만 좋아서는 가디언으로서 적당하지 않다. 어디 가서 루켈다스의 가디언이라고 말해도 체면이 상하지 않을 정도의 능력이 필요했다.

그래야 루켈다스가 다른 드래곤들 사이에서 망신살이 뻗치지 않을 것이다.

다행히 베스터는 고대 거신의 무덤에서 나온 영약을 복용한 덕분에 마나가 급증하게 될 것이라, 그럭저럭 어디 가서 창피당할 수준은 아니었다.

무엇보다 희귀성에 있어서 가치가 높았다. 그만한 수준의 카치카 마법사를 가디언으로 보유한 드래곤은 없을 테니까.

반면에 벡쿠스처럼 거칠고 반골 기질이 있는 카치카는 가디언으로 적당하지 않았다. 그는 가까이 두었다간 언제 뒤통수를 맞을지 모르기에 적당히 거리를 두어야 한다.

즉, 소모품처럼 이용하다 없애버릴 존재인 것이다.

'이제 나도 움직여 볼까?'

루켈다스는 폐허 주위로 펼쳐 둔 결계를 다시 한 번 확인한 후 서쪽으로 이동했다.

'영악한 놈! 제법 머리를 썼다만 그래 봤자 내가 나선 이상 너는 반드시 잡힐 수밖에 없다.'

대충 움직이는 것 같아도 그는 이미 아트리아 숲 전체를 대상으로 거미줄 망 같은 감시망을 펼쳐 놓았다.

방금 전 보낸 카치카 병사들뿐 아니라 상공에는 그의 명령을 받은 비행 몬스터들이 마치 매가 먹잇감을 노리듯 숲을 샅샅이 뒤지기 시작했다.

또한 그는 자신을 중심으로 광역 탐지 마법을 펼쳤고 그것을 파동처럼 확장시켰다. 이로써 조금이라도 이질적인 기운이 느껴지면 그는 바로 탐지하게 될 것이다.

'쿠후후, 네놈이 누군지 모르지만 나를 이렇게 번거롭게 만들었으니 각오하는 게 좋을 것이다.'

그렇게 드래곤 루켈다스가 작정하고 추적하는 대상은 바로 샤크였다.

샤크 또한 이미 그 사실을 짐작하고 있었다.

폐허 주변에 펼쳐 놨던 주시자의 눈이 무력화된 순간은 아주 찰나였지만, 그 정도면 상대가 누군지 파악하는 것은 어렵지 않았다.

딱 봐도 드래곤 같았기 때문이다.

아니나 다를까, 곧바로 카치카 거구즈와 거트에게 금발 청년의 외모를 설명하니 그들은 그가 바로 드래곤 루켈다스라고 했다.

'루켈다스! 지금쯤 놈이 나를 추적하고 있겠군.'

어쩔 수 없이 샤크는 크리오스 왕국을 향해 이동하던 계획을 수정하지 않을 수 없었다.

드래곤만 나타나지 않았다면 본래 계획대로 느긋하게 숲을 통과하며 틈틈이 헤나 등에게 무공 수련도 시킬 수 있었겠지만, 지금으로서는 그것이 불가능했다.

'난감하게 됐구나. 드래곤의 능력이라면 내가 어디에 은신한다 해도 곧 찾아내고 말 것이다.'

샤크는 고심에 잠겼다.

'최대한 시간을 끌며 놈이 나를 찾지 못하게 만드는 방법밖에 없겠지.'

그러나 그가 드래곤을 감당할 만한 능력을 갖추려면 앞으로 대략 한 달 정도의 시간이 필요했다.

과연 드래곤 루켈다스가 작정하고 찾아 나선 지금의 상황에서 한 달의 시간을 버틸 수 있을까?

그것은 당연히 불가능했다.

드래곤의 능력이라면 아트리아 숲의 깊은 동굴에 숨어
있는 개미 새끼 하나까지 찾아낼 수 있을 테니까.

'하긴 굳이 한 달까지는 버틸 필요가 없겠군. 흑룡이라
면 앞으로 며칠만 지나도 드래곤 정도는 능히 상대할 수 있
을 테니까.'

그렇다. 그에게는 또 다른 자신이 존재한다.

만상암흑심법을 통해 언데드의 육체를 영약 삼아 섭취하
고 있는 좀비 흑룡!

그는 이미 웬만한 마스터급 검사도 상대할 만큼 강해진
상태였다. 그리고 정말로 며칠만 지나면 그랜드 마스터급
의 전투력을 갖추게 될 것이다.

누군가 듣는다면 정말로 터무니없는 얘기겠지만 그것은
분명한 사실이었다.

샤크의 또 다른 자신이라 할 수 있는 흑룡은 당연히 샤크
가 가진 모든 깨달음을 공유하고 있는 상태였다.

그런 흑룡에게 있어 그랜드 마스터의 경지라는 것은 발
가락의 때만도 못한 경지일 뿐이다.

그와 비할 수 없이 강력한 차원력의 초월자가 바로 그이
니까. 아니, 엄밀히 말하면 그조차도 초월한 혼돈자(混沌者)
의 경지에 이른 자가 바로 그인 것이다.

혼돈자는 혼돈력에 대한 초월적 경지에 이른 자를 일컫는 말로, 딱히 다른 이름이 생각나지 않아 샤크 스스로 그렇게 붙였을 뿐이다.

즉, 흑룡은 좀비에게 빙의된 태생적 한계로 인해 장차 초월자의 경지에 진입할 수 없겠지만, 그가 가진 깨달음의 경지에 있어서만은 초월자를 넘어선 혼돈자의 경지에 이르러 있는 것이다.

따라서 그에게는 특별히 무공 수련이 필요하거나 뭔가를 고심해 깨달을 필요가 없이, 해당 무공에 필요한 최소한의 암흑마기만을 확보하면 될 뿐이었다.

'흑룡이 그랜드 마스터의 경지에 이르는 건 지금 상태라면 3일 정도면 충분하다. 나는 그때까지만 그 드래곤 녀석을 따돌리면 되겠군.'

물론 3일도 만만한 시간은 아니었다. 그래도 한 달보다는 훨씬 짧은 시간이니 나을 듯했지만, 다시 생각해 보니 그 또한 별 의미가 없었다.

'내가 아무리 은밀한 곳에 숨는다 해도 드래곤의 능력이라면 반나절이 지나지 않아 그곳을 찾아낼 것이다.'

여러모로 생각해 봤지만 방법이 없었다.

어떻게든 3일만 버티면 되는데 그것이 불가능하다는 사

실을 추측해내는 건 어렵지 않았다.

그것은 샤크가 현재 자신이 가진 능력과 드래곤이 가진 능력을 면밀히 분석할 수 있기 때문이었다.

초월자인 그가 심상(心想)으로 모든 가능성을 다 염두에 두고 분석한 것이기에 이변이 벌어지지 않는 한 앞으로 대략 반나절 정도면 루켈다스에게 붙잡히고 말 것이다.

'빌어먹을!'

샤크는 문득 한숨이 나왔다.

솔직히 초월자인 그가 한낱 드래곤 따위의 등장에 이토록 골머리를 썩는다는 것이 다소 어이없긴 했다.

그래도 어쩌겠는가.

기분은 상하지만 지금은 그 자신이 약하다는 사실을 인정해야 할 것이다. 더구나 그는 마왕도 아닌 인간의 육체를 가지고 있으니 말할 필요도 없다.

이런 상황은 모두 그가 인간으로 환생한 것 때문에 벌어진 일이며, 동시에 헤나와 리닌을 보호하겠다는 협의지심에서 비롯된 것이기도 했다.

당연히 그는 후회 따위는 하지 않았다.

그보다는 최악의 상황이 닥쳐와도 안 좋은 사태가 벌어지지 않도록 만들기로 했다.

'이대로 모두 드래곤에게 붙잡히면 자칫 돌이킬 수 없는 불행이 벌어질 수 있다.'

솔직히 샤크야 죽는다 해도 다시 부활하면 그만이다.

그는 안전한 장소에서 부활한 후 한 달 정도 은둔해 있기만 하면 어지간한 드래곤들은 닭 잡듯 목을 비틀어 죽일 수 있는 능력을 갖게 될 것이다.

아마도 그런 상황이 벌어지면 드래곤 루켈다스는 죽어도 곱게 죽지 못하리라.

다시 말해 조금 번거로운 일이 벌어질 수는 있어도, 사실상 샤크에게는 최악의 상황이라는 건 존재하지 않았다.

설령 이 자리에 초월자가 나타나 그를 제거하려 한다고 해도 그를 일시적으로 죽일 수 있을 뿐, 그의 부활까지 막을 수는 없기 때문이다.

그러나 샤크와 달리 헤나 등에겐 최악의 상황이 엄연히 존재한다. 그들은 죽으면 그것으로 끝이다. 아무리 샤크라 해도 그들의 죽음까지 돌이킬 수는 없는 것이다.

굳이 작정하면 언데드나 환물로 부활시킬 수야 있겠지만, 그런 식으로 그들을 되살리는 건 바람직한 일이 아니었다. 인간도 아닌 언데드나 환물이 되어 살게 하는 건 저주나 마찬가지이니까.

그러나 그보다 샤크에게는 더욱 중요한 이유가 있었다.

바로 헤나와의 약속이었다.

그는 분명 헤나의 소원을 들어주겠다 말했고, 헤나는 그
녀와 딸 리닌이 무사히 크리오스 왕국에 도착했으면 좋겠
다는 소원을 말했다.

따라서 샤크는 반드시 그 약속을 지켜야 했다. 그러기 위
해서는 헤나와 리닌이 죽으면 절대 안 되는 것이다.

또한 아직 리닌의 소원은 들어보지도 못했다.

이런 상황에 그들이 죽어 버린다면 샤크는 약속도 지키
지 못한 무책임한 존재가 되고 말 것이다.

초월자면 무엇 하는가.

아니, 그보다 더 대단한 혼돈자이면 무엇 하는가.

그 간단한 약속 하나도 지켜 주지 못한다면, 그는 스스로
에 대한 자괴감에서 벗어나기 힘들 것이다.

'내가 죽더라도 헤나와 리닌만은 살려야 된다. 그러기
위해서는? 그래, 그 방법이 좋겠군.'

생각해 보니 의외로 쉬운 방법이 있었다. 샤크가 도주하
지 않고 혼자서 루켈다스를 찾아가면 되는 것이다.

'꼴이 우습지만 어쩔 수 없지.'

가서 무슨 꼴을 당할지 모르지만 어떻게든 3일만 참아

내면 된다. 그땐 흑룡이 루켈다스를 충분히 감당할 수 있을 테니까.

감히 초월자를 건드린 건방진 드래곤에 대한 복수는 그때 제대로 해 주면 될 것이다.

그러나 만일 그 전에 루켈다스가 샤크를 죽인다면?

그땐 흑룡도 죽는다.

흑룡이 죽어도 샤크는 살 수 있지만, 샤크가 죽으면 흑룡도 사라질 수밖에 없는 이유는, 흑룡이 존재하는 근원적 힘이라 할 수 있는 백룡혼천빙의대법의 시전자가 바로 샤크이기 때문이었다.

물론 그렇게 죽는다 해도 상관은 없었다.

어쨌든 그로 인해 헤나 등은 안전해질 테니까.

샤크가 잡히면 적어도 드래곤 루켈다스의 관심 속에서 그들은 사라질 것이다.

'루켈다스가 직접 찾아다니는 것만 아니라면 저들을 얼마든지 숨겨둘 수 있다.'

샤크가 다시 부활해 이곳에 도착할 때까지 그들을 살아남게 한다면 그들과의 약속을 지킬 수 있게 될 것이다.

'시간이 없다. 서두르도록 하자.'

폐허의 주변에 설치해 둔 주시자의 눈이 루켈다스에게

발각되고, 그가 곧 드래곤이라는 사실을 알게 된 샤크가 머릿속에서 중대한 결정을 내린 것!

이 모든 생각의 과정은 길었지만 모두 찰나의 순간에 이루어진 것이었다.

'근처에 제법 널찍한 동굴이 있었는데 마침 잘됐군.'

샤크는 즉시 헤나 등은 물론이고 환물 사부들과 칼둔도 동굴로 들어가게 했다.

"모두 잘 들어. 너희들은 이제 이곳에서 절대 나오면 안 된다. 내가 다시 올 때까지 이 안에서 각자의 무공을 수련하고 있도록 해라. 하루의 반은 심법에 나머지 반은 환물 사부에게 초식을 배워라."

"샤크!"

"마스터!"

헤나 등이 깜짝 놀란 표정으로 그를 불렀지만 샤크는 안색을 딱딱하게 굳히고 말했다.

"자세한 얘기는 해 줄 시간이 없다. 나는 반드시 돌아온다. 그때까지 절대 나오지 말고 버텨라. 그리고……."

샤크는 잽싸게 근처의 풀을 뜯은 후 거구즈 등이 챙겨 온 멧돼지 고기와 섞어 환약 5백여 알을 만든 후 헤나에게 넘겨주었다.

"이 환약 한 알이면 삼 일 이상을 충분히 버틸 수 있을 것이다. 갈증은 물론 허기까지 해결될 것이니 내가 돌아올 때까지 지내기는 어렵지 않을 것이다."

한 알에 사흘이니, 이 정도면 헤나 등이 일 년은 족히 버틸 수 있는 식량이었다.

샤크는 무척이나 바쁘게 움직였다. 그의 몸이 바람처럼 움직이고 있어 헤나 등은 그에게 뭐라고 말을 걸지도 못했다.

어느새 샤크는 동굴 곳곳에 환한 빛을 내는 새 형상의 조명체들을 배치시켰고, 환물을 만드는 원리를 이용해 침대나 의자, 심지어 각종 식기까지 만들어 냈다.

워낙 기막힌 장면이 연속으로 펼쳐지자 헤나와 시엘 등은 놀라 자빠질 지경이었다. 카치카들도 입이 쩍 벌어져 있었다.

어느 순간 샤크가 동작을 멈추고는 씩 웃었다.

"뭐 이 정도면 대충 지낼 만하겠군. 그럼 난 조만간 다시 찾아오겠다."

그 말을 끝으로 그는 대답도 듣지 않고 동굴 밖으로 나갔다. 그러고는 그 즉시 무극지기와 진법의 원리를 이용해 동굴을 은폐시켰다.

일종의 결계가 형성된 것인데, 워낙 감쪽같아서 최소한 드래곤 정도 되는 존재가 직접 와서 유심히 살펴보지 않는 한 이곳에 숨겨진 동굴이 있다는 사실을 알 수 없을 것이다.

그러나 지금 그가 가진 무극지기로 이 같은 결계를 펼치기란 쉬운 일이 아니라서, 그는 상당한 무리를 하고 말았다.

'어쨌든 됐군.'

샤크는 창백해진 얼굴로 의미심장하게 웃었다. 그는 이제 걷기조차 쉽지 않을 정도로 비틀거리고 있었지만, 덕분에 헤나 등이 안전해졌다는 생각에 만족스러워하고 있는 것이었다.

'이제 최대한 멀리 가야 한다.'

샤크는 마지막 남은 진기로 스스로의 몸에 부유 질주의 마법을 걸었다.

슈우우우—

곧바로 그의 몸이 바람처럼 숲을 가로지르기 시작했다.

그런데 그렇게 잠시 이동했을까?

그는 돌연 쓰러지듯 그 자리에 멈춰 서야 했다.

'으윽!'

입가로 피가 새 나왔다. 내상 때문이었다.

벌컥!

내상에는 크게 도움이 되지 않겠지만 그래도 포션을 한 병 마셨다. 혹시 몰라 칼둔이 들고 있던 자루에서 3병을 꺼내 온 것이었다.

그런데 의외로 상태가 좋아졌다. 입 사이로 굵게 새 나오던 핏줄기가 가늘게 변했고, 일순 더 이상 피가 흘러나오지 않았다.

게다가 어지러움 증세도 사라졌다.

'포션에 내상 치료 효과도 있었나?'

샤크가 방금 전 마신 포션은 지하 관문에서 흑룡이 언데드들을 해치우고 얻은 것 중 하나였다.

'포션으로 내상까지 치료하는 건 쉬운 일이 아닌데 제법 연금술이 뛰어난 녀석이 분명해. 그것참, 공청석유를 연상케 하는 영약도 그렇고 그 지하 관문을 만든 자가 누군지 궁금하긴 하군.'

흑룡이 만든 주시자의 눈을 통해 샤크 또한 베스터가 영약을 복용한 사실을 알고 있었다.

방금 전까지만 해도 그에 대해 대수롭지 않게 생각했다. 베스터가 그저 그 하얀 액체가 들어 있는 병을 운 좋게 깨뜨려 마신 덕분이라 생각했기 때문이다.

즉, 다른 포션들은 모두 평범한 보통의 외상 회복약 정도라 생각하고 있었던 것이다.

그러나 지금은 그것이 아닐 수도 있다는 사실을 알게 됐다.

'이 포션은 24개의 방으로 이루어진 관문에서 나온 보물 상자에 들어 있었던 것이었지. 그렇다면 96개의 방으로 이루어진 관문에서 나온 포션이라면 더욱 뛰어난 효능을 가지고 있을지도 모르겠군.'

그러나 거기까지다. 설사 그것이 사실이라 할지라도 샤크는 그에 대해 별 미련을 두지 않았다.

'좋아, 그럼 최대한 멀리 가 볼까?'

덕분에 내상이 치료되고 소량이지만 무극지기가 회복된 샤크는 다시 부유 질주의 마법을 펼쳤고, 곧바로 숲을 가로질러 날았다.

그런데 바로 그 순간 지하 관문에서 언데드들의 사체를 뜯어 먹던 흑룡이 두 눈을 번뜩였다.

'으득! 그러니까 그 포션들도 모두 보물이라는 건가?'

흑룡의 인상이 더욱 험악해졌다. 본래 그 역시 베스터가 운 좋게 영약이 든 포션을 발견한 것이라 생각했고, 따라서 다른 포션들에는 별 관심을 두지 않았었다.

그러나 방금 전 샤크가 매우 평범해 보이는, 그것도 가장 난이도가 낮았던 24개의 방에서 얻은 포션을 마시고 내상이 회복된 것을 알게 되자 분노가 끓어오르지 않을 수 없었다.

물론 그 분노의 대상은 지금 96개의 방으로 이루어진 관문에 있는 벡쿠스 일당이었다.

특히 베스터란 놈도 무척 괘씸했다.

그는 영약을 깨뜨려 훔쳐 마신 것도 모자라 화염 마법을 난사해 포션의 반 이상을 박살 내놓은 후 달아났던 것이다.

한편 그로 인해 지금 벡쿠스는 광분한 상태였다.

그는 마법진이 파괴된 이상 나갈 방법을 찾지 못해 발을 동동 구르고만 있었다.

"크아아아! 베스터! 네놈의 심장을 잘근잘근 씹어 먹겠다."

벡쿠스는 절규했고 그의 카치카 부하들은 암담한 표정으로 출구를 찾느라 여념이 없었다.

그런 그들을 흑룡은 주시자의 눈으로 살펴보며 거대한 언데드 오우거의 사체를 뜯어 먹는 중이었다.

으직! 콰득! 쩝쩝!

언데드의 사체를 먹을수록 흑룡의 눈빛은 강력해졌고 그의 몸에서는 가공할 만한 기세가 폭풍처럼 일어났다.

으적!

그러던 순간 흑룡의 눈빛이 담담히 가라앉았다.

'어떻게든 3일만 버텨라, 샤크. 그때 내가 그 드래곤 놈의 목을 비틀어 버리겠다.'

그렇다. 그 역시 지금 상황에서 다른 어떤 것보다 드래곤 루켈다스가 가장 큰 위협 요인이라는 사실을 알고 있었다.

따라서 단 일각이라도 시간을 단축시켜 보고자 무섭도록 언데드들의 사체를 섭취하는 중이었다.

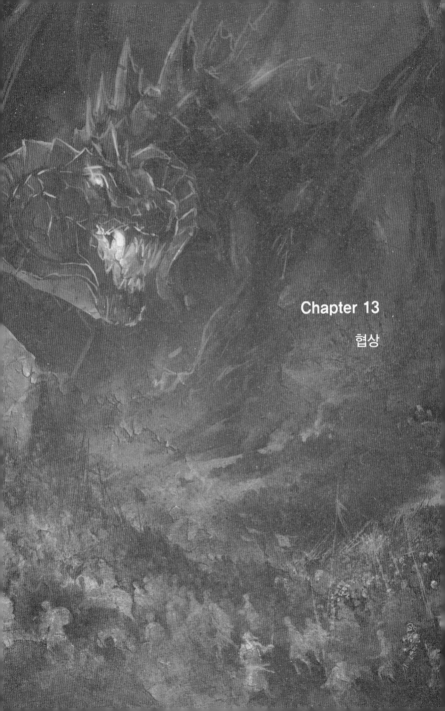

Chapter 13

협상

잠시 부유 질주 마법을 펼쳐 숲을 가로지르던 샤크는 일
순 멈춰 섰다.

  전방에서 칙칙한 갈색의 로브를 입고 있는 카치카 하나
가 두 눈을 번뜩이고 그를 노려보고 있었기 때문이다.

  "머, 멈춰라!"

  카치카 베스터는 다급히 외쳤다. 그는 지금 자신의 앞에
나타난 은발의 인간 청년이 왠지 수상했다.

  '저 인간 놈이 혹시 그놈이 아닐까?'

  루켈다스가 반드시 찾으라 말했던 '그놈' 말이다.

  그리고 보니 막상 베스터는 그놈의 정확한 인상착의에

대해서는 알지 못했다. 아마도 그것은 루켈다스 역시 마찬가지일 것이다.

그러나 어쨌든 수상했다. 그리고 일단 아트리아 숲에 인간이 돌아다니고 있다는 것 자체가 칼드 제국의 법을 어기는 불법 행위였다. 따라서 설령 저 은발 인간 청년이 루켈다스가 말하는 그놈이 아닐지라도 무조건 잡고 봐야 하는 것이다.

한편 샤크는 베스터가 누구인지 이미 알고 있었다. 심지어 그가 지하 관문의 보물 상자에서 나온 영약 포션을 복용하는 기연을 얻었나는 사실도 말이다.

그리고 그는 베스터가 지금 드래곤의 명령을 받고 자신을 찾고 있는 상황인 것도 눈치챘다. 그래서 그는 담담히 베스터를 노려보며 물었다.

"날 멈추라 말한 이유가 뭔가, 베스터?"

순간 베스터는 움찔 놀랐다. 인간 청년이 어찌 자신의 이름을 알고 있을까?

"너는 누구냐? 어떻게 날 알고 있지?"

그러자 샤크는 능청스럽게 웃으며 대답했다.

"카치카들 중에 꽤 유능한 마법사가 있는데, 그의 이름이 베스터라고 들었다. 그래서 혹시 몰라 무심코 불러 봤는

데 네가 베스터였나?"

"커흠! 뭐 내가 조금 유명하긴 하다만."

베스터는 샤크의 대답이 사실 말도 안 되는 소리임을 알고 있었다. 그런데도 왠지 어깨가 우쭐해지는 것은 어쩔 수 없었다.

샤크가 어깨를 으쓱하고는 짐짓 대소하며 말했다.

"하하하! 그런가? 유명한 마법사인 베스터를 만나게 되다니 이거 영광이로군."

"케케! 그렇게 생각한다니 제법 기특하구나. 하지만 그런 말을 한다고 해서 내가 너를 놔줄 거라 생각하느냐? 크크, 어림없는 일이다."

베스터는 뾰족한 눈빛으로 샤크를 노려봤다. 그는 샤크가 감언이설을 통해 자신의 방심을 유도하고 도주하려 한다 생각한 것이다.

샤크는 씩 웃으며 물었다.

"나를 붙잡을 생각인가?"

"물론이다, 인간 놈."

곧바로 베스터는 스태프를 앞으로 겨누며 뭐라고 주문을 외웠다. 순간 스태프의 끝에서 시커먼 밧줄이 생겨나더니 그것이 뱀처럼 날아가 샤크의 몸을 꽁꽁 묶어 버렸다.

'흠.'

사실 샤크에게는 가소로운 마법이 아닐 수 없었다. 이 정도쯤은 지금 미량 회복된 무극지기만으로도 가볍게 소멸시켜 버릴 수 있을 뿐 아니라, 저 카치카 마법사 베스터를 해치우는 것도 어려운 일이 아니었다.

그러나 그는 고심했다. 여기서 저 카치카 마법사 베스터에게 잡혀가는 것과 아니면 베스터를 해치우고 도주하는 것 중 어느 것이 더 시간을 끌기에 유리한가에 대해서였다.

'저놈을 죽이는 즉시 드래곤 녀석이 그 사실을 알게 될 것이고, 이곳으로 공간 이동을 해 올 것이다. 그렇다면?'

따라서 베스터를 해치우는 것은 좋지 못했다. 그를 죽여 봤자 아주 촌각의 시간도 벌지 못할 것이기 때문이다.

아니, 오히려 루켈다스가 즉각 이곳으로 올 테니 상황이 더 불리해진다고 봐야 했다.

그보다는 차라리 베스터를 상대로 협상을 벌이며 조금이라도 시간을 끄는 편이 나을 것이다.

'그래. 그게 좋겠군.'

샤크는 지하 관문에서 베스터가 벡쿠스를 배신한 일을 모두 알고 있었기에 은근한 미소를 흘리며 말했다.

"흐음, 이봐! 네가 이대로 날 루켈다스에게 데려가면 나는 그에게 네가 벡쿠스를 배신한 사실을 모두 말하겠다. 그래도 상관없느냐?"

순간 베스터가 두 눈을 부릅떴다.

"뭐, 뭣이! 네가 그것을 어떻게?"

"다 아는 수가 있다. 그리고 나는 그것 말고도 아주 많은 걸 알고 있지. 네가 화염 마법을 난사해 그곳에 있던 포션들을 대거 박살 냈다는 사실도 말이야. 이런 걸 드래곤 루켈다스가 알게 되면 널 가만 놔둘까?"

사실 샤크는 정황상 일부는 넘겨짚어 본 것이었다. 드래곤 루켈다스가 보물에 관심을 두지 않는다면 지금의 이 말이 베스터에게 아무런 협박도 되지 않을 테니 말이다.

그러나 대부분의 드래곤들이 보물에 있어서는 매우 탐욕적이란 사실을 알고 있는 샤크였기에 그는 베스터가 그 문제로 인해 매우 고심하고 있을 것이라 추측한 것이었다.

그리고 그의 추측은 정확했다. 베스터는 몸을 부르르 떨었다.

"감히 어디서 헛소리를 지껄이는 것이냐?"

"헛소리인지 아닌지는 나를 루켈다스 앞으로 끌고 가면 자연스레 알게 되겠지."

"크으! 죽여 버리겠다! 인간 놈!"

베스터의 두 눈이 시뻘겋게 충혈되었다. 그는 정말로 샤크를 죽일 기세였다.

'저놈이 어떻게 그 일을 알고 있는지 모르지만, 그의 귀에 들어가면 나는 끝장이다.'

루켈다스의 성격상 그가 아무리 베스터를 가디언으로 삼고자 작정했더라도 베스터가 보물의 반을 불태웠다는 사실을 알게 되면 가만있지 않을 것이다.

따라서 그 사실을 절대 그가 알아서는 안 되는 것이다.

그러자 샤크가 그를 힐끗 쏘아보며 말했다.

"어리석군. 너는 그 일을 언제까지 숨길 수 있다고 보느냐? 네가 아무리 숨기려 한다고 해도 어차피 그 일이 드러나는 건 시간문제일 뿐이다."

"으으, 닥쳐라!"

베스터의 안면이 참담하게 일그러졌다. 샤크의 말이 정곡을 찔렀던 것이다.

설령 샤크가 아무 말을 하지 않는다 해도, 루켈다스는 조만간 그 거신의 무덤이라는 지하 관문에 들어갈 것이고, 그때가 되면 자연히 베스터가 무슨 만행을 저질렀는지 알게될 것이다.

따라서 그 사실은 감추려 한다고 감출 수 있는 것이 아니었다. 그런데도 베스터는 어떻게든 조금이라도 그 시기를 늦추고 싶을 뿐이었다.

샤크는 그런 베스터의 심정을 훤히 꿰뚫어 보았다.

그리고 왠지 동병상련의 감정을 느꼈다. 우습지만 한편으로 둘은 같은 처지인 것이다. 최대한 시간을 끌어야 한다는 면에서는 말이다.

물론 샤크는 시간을 끌어 흑룡을 통해 루켈다스를 제거하려는 데 반해, 베스터는 아무 대책 없이 현실을 도피하듯 자신에게 도래할 재앙이 최대한 늦추어졌으면 하는 막연한 희망을 품고 있을 뿐이지만.

어쨌든 샤크는 잘되었다 싶었다. 베스터의 두려움을 이용한다면 루켈다스를 만날 시간이 그만큼 늦추어질 테니까.

그는 의미심장한 미소를 지으며 말했다.

"베스터! 네가 만일 나를 도와준다면 나도 너를 도와주겠다."

"그게 무슨 말이냐?"

"수단과 방법을 가리지 않고 나를 삼 일만 루켈다스로부터 감춰 준다면 나 또한 네가 당할 불행을 피하게 해 주겠다."

"인간! 말도 안 되는 소리 하지 마라!"

"너는 일생에 없을 기연을 얻어 영약을 마셨는데 이대로 죽기는 너무 억울하지 않으냐?"

"다, 닥쳐라!"

베스터는 절규하듯 외쳤다. 그러나 그로서는 이제 단순히 저 은발 인간 청년의 말을 그저 헛소리로 치부할 수만은 없었다.

'믿을 수 없구나. 저놈은 대체 어떻게 내가 영약을 마신 사실까지 알고 있는 것인가?'

정말로 그는 꿈이라도 꾸는 기분이었다. 그것도 지극히 무서운 악몽 말이다. 그러나 한편으로 샤크의 말에 알 수 없는 기대도 생겨났다.

어차피 이대로라면 그는 며칠 안에, 어쩌면 그보다 빨리 죽게 될 것이다. 루켈다스가 아니라 벡쿠스에게 맞아 죽게 될 수도 있을 것이다.

그는 샤크를 노려보며 물었다.

"인간! 대체 네가 무슨 수로 날 살려 줄 수 있다는 거지? 너도 힘이 없어 쫓기는 신세가 아니냐? 그런데 내가 어찌 그따위 허무맹랑한 말을 믿겠느냐?"

그때 샤크가 돌연 베스터의 몸을 뚫어져라 쳐다보았다. 문득 베스터의 몸에서 흐르는 기이한 마나의 흔적을 느꼈기 때문이었다.

'저 흔적은?'

샤크는 그것이 어떤 유의 것인지 금세 알아봤다. 마왕이
권속들에게 심어 두는 마왕의 인(印)과 흡사했던 것이다.

"흠, 그런가? 그럼 어쩔 수 없지. 네가 내 제의를 받아들
였으면 일단 네 몸에 심어진 인부터 제거해 주려고 했는데
말이야."

"인이라니? 그게 뭐냐?"

"쉽게 말해 변동 좌표 마법진을 의미한다. 그런 건 보통
마왕이나 드래곤들이 잘하는 짓인데, 네 경우는 마왕일 리
는 없고 아마도 드래곤이겠지. 루켈다스가 한 짓이냐?"

"그, 그걸 어떻게?"

"역시 그렇군. 그런 걸 몸에 심고 다니면 불편하지 않나."

"……!"

베스터는 입을 쩍 벌렸다. 그의 두 눈은 더 이상 커질 수
없을 만큼 확대되었다. 세상에! 변동 좌표까지 알아볼 줄이
야.

"너, 너는 대체 누구냐?"

이런 상황에서 항상 반복되는 질문이다. 광협 백룡일 때
도 마왕 샤크 테사우루스일 때도, 샤크는 숱하게 같은 질문

을 받았다.

"샤크."

"샤크……?"

"내 이름을 묻지 않았나?"

"망할! 누가 이름을 물어봤느냐? 너의 정체는 뭐냐? 인간이 맞느냐?"

순간 샤크의 신비로운 은발 사이로 그의 두 눈이 강렬히 빛났다.

"글쎄! 나는 인간이 맞을 수도 있고 아닐 수도 있다. 그러나 지금 중요한 건 그게 아니야. 네가 나의 제의를 받아들이냐는 것이지. 어떠냐? 나를 믿고 너의 운명을 바꿔 보지 않겠느냐?"

"운명을 바꾼다고?"

"내게 협조하면 나는 너를 살려 줄 뿐 아니라, 네가 더 이상 벡쿠스 따위에게 두려워 떨지 않도록 너를 강하게 만들어 주겠다."

샤크의 음성은 나직했지만 그 순간 베스터에게는 천둥처럼 울렸다.

그는 정신을 차릴 수가 없었다.

저 말을 그냥 헛소리로 치부할 것인가, 아니면 미쳤다 치고 한 번 믿어 보겠는가.

그는 이래도 저래도 어차피 죽을 상황이었다.

그렇다면, 허무맹랑하지만 조금이라도 살아날 가능성이 있는 것에 운명을 걸어 보는 것이 낫지 않을까?

베스터의 마음이 흔들리는 듯하자 샤크는 곧바로 주문을 외워 자신의 몸을 묶은 밧줄을 소멸시켜 버렸다.

그러자 베스터는 다시 놀랐다. 그가 날린 결박 마법을 샤크가 너무도 쉽게 풀어 버렸기 때문이다.

"고작 이런 걸 보고 놀라는가? 이건 내게 아무것도 아니다. 그리고 나는 지금이라도 마음먹으면 널 얼마든지 해치울 수 있지."

그 말과 함께 샤크의 손가락에서 실처럼 가느다란 빛줄기가 뻗어 나가 베스터의 미간에 작렬했다.

'헙!'

순간 베스터는 경악했다. 그는 목소리조차 내지 못했다. 전신이 굳어 버렸기 때문이다.

'이럴 수가!'

이 상태로 공격을 당하면 그는 꼼짝없이 죽을 수밖에 없을 것이다. 베스터는 샤크가 만만치 않은 존재라는 걸 알았지만, 이 정도일 줄은 몰랐다.

샤크가 다시 손짓을 하자 베스터의 경직이 풀렸다.

"어떤가? 이래도 아직 나를 믿지 못하겠나?"

베스터는 굳은 표정으로 샤크를 노려봤다.

"크으! 대충은 알겠다, 인간. 그러나 안타깝지만 나는 네게 아무 도움이 되지 못한다. 나의 몸에 심어진 변동 좌표를 통해 그는 지금이라도 이곳으로 올 수 있다."

"그건 염려하지 마라."

샤크의 입가에는 회심의 미소가 맺혀 있었다.

'변동 좌표를 변형시키는 건 간단한 일이지. 잘하면 루켈다스 녀석을 한동안 혼란스럽게 만들 수 있겠군.'

그로서는 전혀 기대하지 않았던 뜻밖의 행운이었다.

물론 그렇다 해서 이것만으로 루켈다스를 3일 이상 따돌릴 수는 없겠지만, 적어도 하루 정도는 여유롭게 시간을 벌 수 있을 듯했다.

지금 상황에서 하루라는 시간은 엄청나다.

그 후로 이틀만 더 버틸 수 있다면 위기 상황이 종료될 테니까.

곧바로 샤크는 베스터의 몸에 무극지기를 주입했다.

츠읏!

만일 루켈다스가 특별한 저주 마법을 펼친 것이라면, 현재 샤크의 무극지기 양으로는 그것을 해제하기가 쉽지 않았을 것이다.

그러나 변동 좌표는 마법이라기보다는 일종의 마법진이었다. 즉, 베스터의 몸에 보이지 않은 마법진이 있는 것이나 마찬가지였다.

따라서 샤크는 그 변동 좌표 마법진을 임의로 변형시키는 중이었고, 그것은 그리 많은 무극지기가 필요하지 않았다.

다만 그 일은 설령 마스터급 마법사라 해도 쉽지 않을 만큼 난해했다. 변동 좌표 마법진에 변형이 가해질 경우 약간의 착오만으로도 마법진 자체가 소멸되어 버릴 우려가 있었다.

물론 드래곤급 존재들에게는 그리 어려운 일이 아니었다. 하물며 차원력과 혼돈력의 복잡한 흐름까지 꿰뚫어볼 수 있는 능력을 가진 샤크에게는 더욱 간단한 일에 불과했다.

그렇게 그는 소량의 무극지기만으로도 루켈다스가 막대한 마나를 주입해 그려 놓은 변동 좌표의 마법진을 변형시켜 놓았다.

그는 의미심장한 미소를 흘리며 말했다.

"이제 루켈다스가 별짓을 다해도 너의 위치를 찾을 수

없게 되었으니, 궁금하면 한번 시험을 해 보아라."

베스터는 찜찜해하는 표정으로 샤크를 노려봤다.

"시험이라고? 설마 그를 불러 보란 말이냐?"

"물론이다. 어차피 너는 나를 붙잡는 즉시 그렇게 할 생
각이었을 테니 손해나는 일은 아니지."

"케에엑! 미쳤군. 만일 네 말이 틀렸다면 어쩔 생각이냐,
인간? 이곳에 그가 나타나면 너는 틀림없이 죽게 될 것이
다."

"그럼 나는 죽겠지. 대신 넌 날 잡은 공을 얻게 될 것이
다. 그러나 반대로 내 말이 맞다면 루켈다스는 이곳에 올
수 없다. 그때 너는 내게 협조해야 한다. 어떠냐?"

"으음! 좋다."

베스터는 잠시 고민하다 속으로 루켈다스의 이름을 세
번 외쳤다.

'루켈다스! 루켈다스! 루켈다스!'

순간 그로부터 북쪽으로 100여 코빗(km) 떨어져 있는 숲
의 한 곳을 수색하던 루켈다스의 몸이 그 자리에 멈춰 섰다.

'베스터 녀석이 나를 부르는 걸 보니 그놈을 찾았나 보군.'

그는 입가에 회심의 미소를 지었다. 그러나 그는 이내 자
신의 시야에 떠오른 좌표를 보고 고개를 갸웃했다.

좌표대로라면 아트리아 숲 북부 경계 근처였다. 그곳은 현재 그가 있는 곳으로부터 북쪽으로 한참을 날아가야 하는 먼 거리.

'이상하군. 베스터 녀석이 어떻게 이리 멀리 갔단 말인가?'

아무리 따져 봐도 베스터가 펼친 부유 질주 마법의 속도로는 불가능한 일이었다.

'뭔가 일이 생긴 게 분명해.'

그래도 그는 자신이 베스터의 몸에 심어 놓은 변동 좌표에 문제가 생겼을 것이라고는 생각하지 않았다.

'무슨 일이 생겼는지는 일단 가서 알아보면 되겠지.'

곧바로 그는 해당 좌표를 향해 공간 이동 마법을 펼쳤다.

츠으으으!

물론 엄밀히 말하면 해당 좌표가 있는 곳의 상공이었다. 공간 이동을 할 경우 그곳에 장애물이 있으면 적지 않은 충격을 받기에, 이런 식의 좌표 수정은 불가피했다.

번쩍! 화아악—

찬란한 금빛의 광채가 그의 몸을 휘감는다 싶더니 그의 몸은 그가 목표한 좌표의 상공으로 순식간에 이동했다.

'……!'

상공에서 베스터의 변동 좌표 쪽을 내려다본 루켈다스는

믿을 수 없다는 듯 두 눈을 부릅떴다. 그곳에는 아무것도 없었다. 텅 빈 초원만 보일 뿐이었다.

'이게 어찌 된 건가?'

인근의 방대한 영역을 대상으로 탐지 마법을 펼쳐 보았지만 베스터는 찾을 수 없었다.

'이상하군. 분명 녀석이 있는 좌표가 이곳이었다. 설마 내가 착각한 것인가?'

그러던 루켈다스의 안색이 다시 경악으로 변했다. 그사이 베스터의 변동 좌표가 이곳으로부터 아득히 멀리 떨어진 아트리아 숲의 동부로 이동해 있었던 것이다.

'이런 말도 안 되는……'

곧바로 그의 몸이 찬란한 금빛의 광채에 휩싸여 어디론가 사라졌다.

번쩍! 화아아아악!

그러다 그가 모습을 드러낸 곳은 아트리아 숲의 동부, 방금 전 베스터의 변동 좌표가 위치했던 곳의 상공이었다.

'이럴 수가! 이곳에도 없다……'

뭔가 심상치 않은 일이 벌어졌다는 생각에 그는 어쩔 수 없이 베스터를 자신이 있는 곳으로 소환하는 주문을 외웠다.

변동 좌표의 대상을 자신의 앞으로 공간 이동시키는 것

으로, 이런 식의 소환은 그가 직접 공간 이동하는 것보다 더욱 많은 마나가 소모된다. 따라서 아주 긴급한 상황이 아니면 좀처럼 하지 않는 일이었다.

츠츠츠츠!

곧바로 그의 앞에 금빛의 마법진이 생겨나 눈부신 광채를 발산했다. 본래라면 저 마법진의 광채가 사라짐과 동시에 그 위에 베스터가 나타나야 정상이었다.

그런데 지금 마법진 위에 모습을 드러낸 것은 큼직한 바윗덩이가 아닌가?

"으으!"

전형 엉뚱한 것이 소환되었다. 이는 베스터의 변동 좌표가 그사이 또 바뀌고, 그 자리에 있던 바위가 소환된 것이다.

'우라질! 녀석의 위치가 이번에는 다시 서쪽으로 바뀌었다.'

루켈다스는 도무지 지금의 상황을 이해할 수가 없었다.

〈다음 권에 계속〉

DREAMBOOKS